世をへだてて

shōno junzō
庄野潤三

講談社文芸文庫

目次

世をへだてて

夏の重荷

英文学者ですぐれた随筆家であった福原麟太郎さんに「秋来ぬと」という随筆がある。福原さんの数ある著書の中でも私が本棚から取り出して頁を繰ることの多い随筆集『命なりけり』（昭和三十二年十月・文藝春秋新社刊）に収められている。福原さんが停年で東京文理科大学を退官されたのは昭和三十年三月、六十歳のお年で、その年の七月に心臓病の発作が起って東大病院沖中内科に入院、病院で五カ月暮してクリスマス前に中野区野方のお宅に帰るまでの経過や、入院中に花の名前を覚えるようになったというような話は、書名になった「命なりけり」に詳しく書かれているが、「秋来ぬと」はいわばその姉妹篇で、発病からまる一年たった翌三十一年、猛暑のつづく中で福原さんがどのように秋の到来を待ち望み、健康を取り戻しつつある手応えを確かめながら、発病までは教職のかたわらの兼業のようになっていた新聞雑誌への註文原稿のお仕事を再開されたか、その様子がしるされている。私自身、病名は違っているが、六十の坂を越したところで突然予期しない病気にかかって入院加療を余儀なくされた点でも、退院後は手探りで健康と生活の立て直しをおもむろに計ってゆかなくてはいけない身となった点でも、これを書かれたころの福原さんと似た立場にあるので（福原さんの心臓病に対して私の病気は脳内出血であり、また、夏へ行くまでにまず最初の冬を無事に乗り切るのが大仕事となったのだが）、前々から心を惹かれていた「秋来ぬと」を一層身近な気持で読み、励ましを受けるようになった。では、どんな話がどんな順序で出て来るか、お話ししてみよう。

秋来ぬと目にはさやかに見えねども風の音にぞ驚かれぬる

古今集秋の部のはじめに置かれた、「秋立つ日によめる」との前書きの附いた立秋の歌を先ず掲げて、「今年くらい、立秋の日の待たれたことはない」と受ける。それがこのかなりの枚数の随筆の書出しとなっている。古歌とともに始まるところから読者は淡く、穏やかなものを期待しがちだが（はじめてこれを読んだ三十年近い昔の私が、実をいうと、そうであった）、中身は意外に激しい。

「しかしそれは暑い立秋であった」

いつもの年だと、青空に白雲がところどころ漂っていて、さすがに今日となると秋めいた空になった、などと感心するところだが、今年の立秋は、「空もまだ猛暑の色であった」。八月七日。三十三度九分の暑さと新聞に出ていた。風の音にぞ驚かれぬる、どころでない。その猛烈な暑さの中を、戦争前の十年ほど福原さんの家で働いていて、お宅から嫁入りをしたおミズさんが、子供を連れて見舞いに来てくれた。

このおミズさんの名前には覚えがある。同じ『命なりけり』に収められた福原さんの初期の随筆「新しい家」（昭和九年）に印象深い役割を与えられて登場する女中さんである。家主が奮発して崖の上の空地へ建てて入れてくれた「新しい家」とは、昭和六年、二年間の英国留学を終えて無事帰国した福原さんが、その翌々年秋から敗戦の年に強制疎開のため取壊されて世田谷新町の友人邸に移るまで十余年住んでいた、勤め先の学校に近い小石川区第六天町のお宅である。崖の上にあるから眺めがいい。殊に夜はあかりがきれいで、新宿の百貨店の見えるあたりはまるでクリスマスのお菓子のようであった。一日中日がよく当り、離れの四畳半や八畳の廻り縁、二階の六畳の廻り縁などは硝子戸に囲まれて温室のようだが、その暖い離れに郷里の備後の国から迎えた福原さんの御両親がいる。

「然るに良いことばかりは続かないもので」、先ず福原さんが風邪をひいたのを皮切りにお母さんも奥さんも風邪をひき、気が向くと尻っぱしょりになって庭をいじっていたお父さんもすこし加減が悪いといって寝、次いでお母さんがまた寝た。新しい家の壁が如何に身体に害をなすかを承知していた福原さんは、秋日和を凡そ一カ月も当てて壁をよく乾かせた上で転居したのにこれだ。おまけにただ一人健康であった女中のミヅまでも、鼻の頭を赤くして、奥様アスピリンを頂戴しますというようになった。

そこへまた一つ不幸が起った。家族の一員である猫のタマが、或る晩、ふいといなくなるに及んで、どうもこの家は運勢がよくないのではないかと疑い出した。はじめは明日は帰るだろうと思っていたが、明日も帰らない。明後日も帰らない。奥さんもミヅも泣き始める。ミヅは、最後の夕食のときに、ちくわの一切れをタマに与えなかったことを繰返し語って情ながる。——福原さんの郷里は広島県の備後の国の海岸沿いの松永という町の外れだが、近くの鞆《とも》ノ浦《うら》にはおいしいちくわを作る店がある。猫に与えるのをためらうのも無理はないと思われるいい風味のちくわで、その一切れをたまたまミヅさんが惜しんだからといって、誰も彼女を咎めることは出来ない。戦争中に郷里に疎開したきり村に居ついてしまった福原さんのお母さんから野方のお宅へ届く小包の中に、柿や素麵、ちくわ、ときにフキノトウの佃煮が入っていることがあるという話を読んだことがある。

タマがいなくなって四日目も過ぎ、五日目になり、この日は福原家のクリスマスと十月下旬の福原さんのお誕生日の繰り延べを一しょにして、友人の二、三と小さい人たちを何人か招待していた。福原さんはその友人たちと二階で話をしていた。そろそろ小さなお客さま方がクリスマス・トリーのそばへ集まって来るころ、だしぬけにミヅが頓狂な声で、タマが帰りました、タマが帰りましたと叫んだのを聞いた。福原さんが階下へかけおりて

みると、ミヅは瘦せて薄黒く汚れたタマを抱きしめて、

「タマさんタマさん、あんたはどこへ行ってたの」

といってぼろぼろ涙を落していた。そのおミズさん（戦後の表記では）にわれわれはここで再会する。タマの劇的な帰宅の場面から立秋前のこの日までに中国大陸での戦火、アメリカ、イギリスを相手にした大きな戦争、空襲、戦後の日々が挟まる。今やおミズさんは子供のいる、貫禄のあるおかみさんになっている。

「おぼんに来ようと思ったけれど、うちの人が忙しくて出られませんでしたから」

お盆に無茶苦茶に忙しくなる商家にでも嫁いでいるのだろうか、例えばお菓子屋さんのように。そういいながらおミズさんは、見事な百合の花を仏壇に供えてくれた。

「先生も瘦せちゃったけれど、この春のお彼岸のころよりは元気そうですね」

福原さんは入院してみてはじめて分ったのだが、狭心症のほかに糖尿病もある。だから、食餌制限がきびしい。あぶらと砂糖と塩がいけない。うなぎ、天ぷら、牛肉類、卵、バタ、チーズみないけない。食べると糖分に変る米、麦、うどん、そばもいけない。こんなに何もかもいけないのでは、いったい何を食べて生きて行けばいいのかといいたくなるほどで、これで瘦せなかったらどうかしている。「たべものを禁ず」（昭和三十二年）という随筆に詳しく書かれているのだが、そんなにいけない尽しでは実際やって行けないので、食パン一日三回九十グラムずつよろしいということになっている。まわりを落したトース

ト四枚の分量で、餅だとまず二切れ、米の飯だとかるく一膳ということになる。

これだけ制限されているのだから、久しぶりに野方のお宅を訪ねたおミズさんが「先生も痩せちゃったけれど」というのも無理はない。それにお元気で文理大英文教室チームを率いて、敵将中野好夫率いる東大英文教室との春秋二回の親睦野球試合に出場していたころの福原さんは、お顔も身体つきもゴムまりみたいにまるっこかったらしい。

英国留学中にロンドン北郊ゴールダーズ・グリーンの下宿の裏庭でそこの家の飼犬のテリアと一しょに写っている写真の三十代半ばの福原さんを見てもまるまるしている。このテリアは前に泊っていた日本人からこの家に主人の細君とその未婚のお姉さんと二人いるおばあさんのどちらかへ何かのお祝いに贈られたもので、真白の背中に黒い丸の斑があるので、ニッポンという名前を附けて貰っていた。福原さんが朝寝をしているとよく起しに来た。ところが、お坐りといっても坐らない。英語でいわなければ何も通じないので、福原さんはあまり話をしなかったそうだ。

とにかく、まるっこくなければ福原さんらしくなかったであろうことは想像がつく。痩せた「先生」を見ておミズさんは淋しかったに違いない。

「秋来ぬと」に戻る。おミズさんが見事な百合の花を供えてくれた野方のお宅の仏壇には、お父さんのご位牌があるだろう。「新しい家」の日当りのいい離れで、郷里から迎えた御両親のために福原さんが買って来た桐の火鉢を愛撫しながら、本因坊と呉清源の棋譜を楽しんでいたお父さん。気が向くと、尻っぱしょりになって庭いじりをしていたお父さんだが、昭和十年に亡くなられた。福原さんの子供のころ、隣りの城下町（というと福原さんが汽車で通学した中学校のある福山だが）からにこにこした士族のおじいさんの先生が来て、松永の町の親父さんたちがみんなで謡《うたい》を習っていた。伯父さんの結婚式の日に、花嫁が伯父さんの家の正面式台から乗り込んで来るのを、小学生の福原さんは広間の金屛風の前に袴をはいて、ちょこなんと坐って待機していて、高砂やこの浦船に帆をあげてというところを謡わせられた。お父さんかお母さんがうまく役目を果せるかどうか心配して、屛風のうしろで後見していてくれた筈だという話が「或る町の謡曲の歴史」（昭和二十七年）のなかに出て来る。このお父さんは大層器用な方で、福原さんが長年、実印として愛用して来た蠟石に麟太郎の麟の字を崩したのを彫った判こは、お父さんが作ってくれたものである。

で、おミズさんが仏壇に向って手を合せる姿をこちらが心に描いているうちに次へ移る。

私は去年の七月から心臓病をわずらって、満一年ちょっと上になるが、まだなかなか全快とは言いかねる状態である。この秋になれば元へ帰りますよ、とお医者さんから何度も言われたが、それは夏を越せるならという意味のように私には解された。それで夏を越すということが、私の目の前の重い荷物であった。

福原さんのご病気について何らの予備知識なしに「秋来ぬと」を読み始めた人も、ここまで来て、書出しの「今年くらい、立秋の日の待たれたことはない」という一行にこめられた作者の思いを納得することになる。

ところで『命なりけり』が出版された昭和三十二年十月には、私は日本にいなかった。ロックフェラー財団の奨学金を受けて米国で一年間生活する機会を与えられ、オハイオ州ガンビアの男子ばかりの（その数も五百人余りの）ケニオン・カレッジのお客さんのようなかたちになって構内の職員住宅「白塗りバラック」一号で妻と二人で初めての北米大陸の冬を迎えようとしていた。私たちが往きに乗ったのと同じプレジデント・クリーヴランド号の船客となってふたたび太平洋を渡って振り出しの横浜港に帰り着いたのは翌三十三年八月であった。オハイオの草深い田舎の大学町で隣人と附合いながら過した一年の報告である『ガンビア滞在記』（中央公論社刊）が出版されたのはその翌年春であるが、福原さんに本をお送りしたところ、折返し封書のお礼状を頂戴した。それには、文理大の同僚であった英国の詩人、批評家のウィリアム・エムプソンが北京大学の教授をしていたころ、夏になるとアメリカのケニオン大学へ教えに行っているという話を聞いたことがあり、そのケニオンがあなたの居られたガンビアであることにやっと今ごろ気が附いて、大へん懐しい気持がしましたという意味のことが書かれてあった。

註を加えると、このお手紙に出て来る、エムプソンが教えに行っていた夏季学校は、一九四八年、四九年、五〇年の夏に「ケニオン・スクール・オブ・イングリッシュ」として開かれた文学セミナーである。――遅まきながら私がそれを知ったのは、一九七八年（昭和五十三年）四月、二十年ぶりに妻を伴ってガンビアを訪れた折に、その訪問のお膳立をしてくれた古典科の主任教授のマッコーラさん夫妻から贈られた『ケニオン・カレッジ――その三度目の半世紀』を読んだときだから、大分日にちがたっている。第二次大戦後のケニオンの文学の面での活動についてしるした章に書かれていた。この文学セミナーの企画運営に当ったのが、一九三九年に文芸季刊誌「ケニオン・レヴュー」を創刊して以来ずっと編集長をしていた詩人のジョン・クロウ・ランサムで、ティーチング・フェローの名で呼ばれる講師には、ランサムさんの息のかかったアレン・テイト、ロバート・ペン・ウォーレン、ロバート・ロウエル、クレアンス・ブルックスといった詩人、批評家が顔を揃え、ただ一人、イギリス人の文学者で招かれたのが、福原さんの旧友のウィリアム・エムプソンであったというわけだ。

そうして、この文学セミナーの校長先生格であった詩人教授のランサムさんこそ、一九五七年（昭和三十二年）から五八年夏へかけての一年間の私と妻の滞在の身元保証人として何くれとなく親切にお世話して下さった方なのである。おそらく北京からエムプソンに来て貰おうと提案し、手紙を書いたのもランサムさんであったに違いない。『ケニオン・カレッジ――その三度目の半世紀』に載っている写真で、真中の椅子に腰かけたランサムさんが笑って話しかけているのは、その右隣りの椅子の、黒い、長い顎鬚を生やした（中国風に）エムプソンである。このセミナーに英語科の最上級生として出席した人の思い出の文章に、会期中ときどき催された野球の試合で、長い顎鬚を風にたなびかせて走るエムプソンの姿が印象深く書きとめられている。

「そもそもこのウィリアム・エムプソンなる男は、私にとっては、もと東京文理科大学の同僚であり、酒盃の交友を重ねた間柄だが」と、「野方閑居の記」（昭和三十六年）のなかで福原さんはいっている。東京にいた頃、福原さんがエムプソンの止宿先を訪ねると、室に招じ入れるなり、「君何を飲む」といって酒の戸棚の方を向いたという。

アメリカの田舎のできるだけ小さな町で人々がどんなふうに暮しているのか見たいという私のいく分雲をつかむような希望を聞き入れた上で、私たちの身柄を安心して預ける先として一八二四年、オハイオ州のココーシング川のほとりの丘の上に創立されたケニオン・カレッジを勧めてくれたのは、当時、ロックフェラー財団の人文科学部長で京都大学に学んだことのあるチャールズ・ファーズ博士と、ファーズ博士とは戦前から親交のあった坂西志保さんで（お二人とも故人となられた。ご冥福を祈る）、ガンビアが非常に景色のいいところだということとともに、ケニオンにはランサムがいるというのが推薦の大きな理由であった。私と妻が二週間の太平洋の船旅とサンフランシスコから始まった大陸横断の汽車旅行の末にコロンバスの駅に到着した日曜日の朝、荷物を片手に長い地下道を出て来た私たちを心配そうに覗き込んで、「アー・ユー・ミスター庄野」と最初に声をかけた白髪の紳士がランサムさんであった。

私はたまたま七十歳になるランサムさんがケニオンで授業を受持つ最後の年に行き合せたのだが、退職されたあとランサムさんはガンビアの林の中に建てたお宅でひっそりと余生を送り、お別れして十六年たった一九七四年七月、八十六歳で亡くなった。従って二十年ぶりのガンビア訪問ではお目にかかれなかったが、私たちはロブ夫人と大学の本屋に職員として勤務しているお嬢さんのヘレンさん、「お祖父ちゃんの学校」が共学になった第一回の女子の卒業生であるお孫さんのエリザベスの三人の活気溢れる歓待を受けて、心が和んだ。私の今回の発病入院はガンビアの友人たちにまで心配をかけてしまったが、二月に届いたヘレンさんとラテン語のウエバーさんらの寄書きのカードは、プールの青い水に浮べたゴムボートに蝶ネクタイの男が跣の足の裏を空に向けて寝そべっている絵で、つまり、この人物のようにのんびりと大いに静養して下さいとの友人一同の期待がこめられていた。

考えてみると、私が福原さんのお手紙を頂戴できたのも、エムプソンとランサムという英米の二人の高名な詩人のつながりのお蔭であったといえる。福原さんはその後も私のお送りした『ガンビア滞在記』についてラジオの番組で詳しく紹介して下さり、週刊文春、放送文化などの諸雑誌に取り上げて下さったから、アメリカの片田舎の小さな大学町で私と妻がどのように一年を送ったかという日常の記録に興味を持たれたのは確かであろう。それにしてもイギリスと日本とアメリカ、中国北京とを結ぶ文学による縁の糸、友情のきずなの有難さを思わずにはいられない。

福原さんからお手紙を頂いて暫くして、文藝春秋新社から『本棚の前の椅子』(昭和三十四年五月)が出版され、署名入りのご本の入った小包を私は野方のお宅からお送り頂いて、大喜びすることになる。この本の「後記」に、

「私は、英文学の老書生で、長いと言って良い読書遍歴の間に、いろいろ文学的な雑文を集めた本を諸社で出して頂いたが、こんどのような書物は、はじめてである。何だか、はずかしく、うれしい。それにしても、これらの諸篇を書かせて下さった諸刊行物の主宰者諸賢に厚くお礼を申し上げます。これで何だか、ちょっと、まとまっているものを作ることができたという気がします。かつて私は『命なりけり』という文集を出して貰ったことがありますが、いままたこの書を編んで遠くも来つるものかなと思い、また、この数年の閑暇をこのようなものを書き語って過すことのできた身の上を、ありがたく、天地人間に感謝したい心持にもなるのです」

と、福原さんならではのユニークな言葉が書きしるされているが、終りの数行にこめら

れた感懐は、これまでお話しして来た「秋来ぬと」を頭において読むと一層味わいが深まるのを覚える。

ここで話を戻して「秋来ぬと」の残りを読んでみたい。

立秋といえば、とにかく夏が過ぎたことなのだからと福原さんはこの日を待ち兼ねていた。ところが「七月の三十日から急に暑くなり、もう一週間以上つづいている」。そこで福原さんのお宅では、奥さんが町へ行ってゴム管を買って来て、庭へ出ている水道の蛇口へつないで水を撒いた。ささやかな自衛手段である。八月八日になってもその暑さは退散しない。福原さんはお宅ではいちばん広い洋間のソーファに寝そべって、ただ、じいっと暑さをこらえている。毎日そうしているほか仕方がない。どこか涼しいところへ行けばよかったと考えないでもなかったが、こんなとき、急に思い立って山の中などへ出かけて、いきなり天候が下り坂になり、来なければよかったと思うことがよくあるものだと考え直したりする。本当は、お医者さんが近くにおられないと、もしどうかなったとき困るという神経的な不安があった。「それが心臓病というものだ」。

七月三十日から始まった暑さは、結局、十日続き、翌九日からは、思いがけず、すこし曇って来て、温度も上らず、久しぶりに息をついた。そこへ沼津へ避暑に行っていた福原さんの教え子の外山滋比古氏の夫人が甘鯛を一尾、籠に入れたのを届けてくれた。久しぶりの涼しい夕食の膳が楽しいものとなったが、当の外山滋比古君は中耳炎に鼻炎で即刻治療を要するらしい。それを知った福原さんはご自分のかかっていたお医者さんにお願いして東大病院で診て貰えるように早速計らいましょうと夫人に約束する。しかるに数日後、入院の必要は無い、もう癒りかけているという診断を受けて夫婦は一安心したという電話の報告があった。

秋の到来を切に待ち望みつつ頑強な暑さの前になすすべもなく、ただ、じいっとソーファに寝そべっているよりほかないわが身を語っていて、そこへ甘鯛をくれたお弟子さんの病気を心配したら、結果はこうであったという挿話をちょっと入れるのが（実際その通りのことが起ったにせよ）、福原さんの随筆の巧みなところで、読んでいる者もほっとする。ほかに同じ心臓病患者の米国大統領アイゼンハワーが一役買っているのに注意したい。福原さんは同じころに心臓病になったアイゼンハワーの病状が気になって仕様がない。

「彼はとにかく私より後れて発病して、早く床上げをし、新聞の写真ではゴルフの道具をふり廻していた。羨しかった」

だが、アイゼンハワーは心臓病だけなのに福原さんは前にいったように、ほかに糖尿病という厄介なものを抱えている。「糖尿病だけアイゼンハワーより余計であった。それだけ癒り方において負ける理窟になっているのだと家内などは慰めた」というのがおかしい。おかしいといっては申し訳ないが、福原さんも一所懸命なら看護の奥さんも一所懸命なのである。そんなふうにアイゼンハワーと張り合うというのは、つまり、福原さんが自分の病気を癒して、もう一度元気な身体になるんだという意欲の表れなのだ。読者としては運動会の綱引きではないが「負けるな福原、フレーフレー」と声をかけたくなる。

こんな噂はすぐ伝わるものと見えて、病院へ見舞いに来た誰かが、ニュース映画で見ると、アイゼンハワーはなるほどゴルフをしているが、球をクラブで打つと、すぐ小さな車に乗っかって、球の落ちたところへ運んで貰い、そこで下り立ってまた打つのです、と教えてくれたというから嬉しくなる。なんだ、そういう仕掛けかと福原さんはおかしくなったかと思うと、そうではない。

私はそんなにまでしてゴルフをしたいと思わないといいながらも、「アイクはさすがアメリカ人である。それがやはり活動家の道で、そうして過去の自分の日常から離れまいとするのだとも考えられた」と理解を示す。

「私などが、大統領と比較することもないけれど」一生教師をつづけて来て、兼業のように雑文書きの仕事もあったものが、停年で教師をやめたとたん、病床につくということになり、ものを書くこともやめてしまうと、まるで空っぽになってしまう。病気が癒ったらどうして日々を過そうかと時に思ったりしていた頃、どこかの新聞雑誌から、何か書いてみたらといわれると、そこで何だか、昔の自分に細々とつながるものが残っていたと感じた。椅子車のゴルフはその心持と似ているものなのではあるまいか——とつづくのを読むと、ますます身につまされて、しみじみとした心持になる。先に引用した『本棚の前の椅子』の後記の言葉は、このような福原さんの心持を背景としていることに気附く。

アイクのゴルフに発奮したというわけではなく、何か書いてみようという欲望が起り、二月になって週に一篇ずつY新聞に随想を書くことになり、七月に入って発病後満一年の頃、参議院選挙があって、別の新聞から求められて、投票をしましょうという意味の文を書いたところ、それを読んだといって数人の友人知己がはがきで恢復を喜んでくれた。まだそのほかに七月には大勉強をして、二つの雑誌へ闘病記その他、すこし長いものを送り（とある闘病記の方が、文藝春秋九月号に載った「命なりけり」で、読み応えのある長篇随筆であった。三十枚近いのではないだろうか）、S新聞などからも一、二度短文を求められた。

「だから七月には相当枚数を書いた」。それだけ福原さんの病気がよくなりつつある証拠でもあったわけだが、これらの目覚ましい執筆活動のほかにもう一つ、恢復期の患者の福原さんに自信をつける出来事が起った。

三年前（昭和二十八年）の夏、イギリス政府の招待で一しょに英国を旅行した友人たち（というのは河上徹太郎、池島信平、吉田健一の皆さんである）が新橋駅前小川軒に会して懐旧の夕食会を催すという案内を受取った福原さんは、奥さんに附添われて出席した。退院後、五月の末に心電図を取りに病院へ行ったほか一度も出歩いたことのない身だから、初の大外出であった。福原さんはどうしてもこの会に出たかった。忙しい日程に堪えながら旅の苦楽をともにした仲間の顔を見たい。そもそもこの度の発病は、停年退職で自由の身になってのんびりしたとたんに長年の勤めの疲れが一遍に出たのだろうと考えられるが、直接の引金となったのはイギリス旅行の疲れであるらしい。招待した側としては限られた日にちでここも見せたい、あそこも見てほしいとなるのは無理からぬことだが、はじめロンドンに十二日いて、最後の二日はウィンザーやイーストボーンへ遠足、十三日目から汽車旅行でマンチェスターへ、ここで六泊して次はグラスゴーへ、グラスゴーに三晩泊って、その間にエディンバラへ行って見物、グラスゴーに近い山の中の水力発電所も見学する、最後はエディンバラにもう一度出て、そこから夜汽車でロンドンへ帰るという強行日程で、数えの六十歳になる福原さんには殊のほかきつかったようだ。

「遠慮会釈あって実に丁重にひっぱりまわされる。夜は綿のごとく疲れて風呂へも入らずにねてしまう」(「英京七日」)というのでは、たまらない。悪いことに、英国旅行の翌年が福原さんにとって教師としての最後の年であった。ヴィクトリア朝のイギリス紳士に倣って義務を果すことにどこまでも忠実であろうとする福原さんは、最後の御奉公という気持から、講演を頼まれれば講演をする、委員をやれといわれれば引受けるという具合で、ふだんの年より忙しくなり、イギリス旅行の疲れが取れないまま持ち越すことになった。

そんなふうに大病の原因となった旅ではあるが、メンバーがよかったので、福原さんにとって忘れ難いひと夏となった。語り合いたいことは山とある。お医者さんも、大丈夫ですからいらっしゃいと許して下さったばかりか、その晩は東大で待機しておりますからと親切にいってくれた。

ところが、夕方の街の雑沓を通って小川軒に入るといきなり階段で、それまで階段を上る稽古を一度もしていなかった福原さんは「ぎくとした」。退院後はじめての大外出というだけで相当神経を緊張させている。普通なら自分の家の洋間のソーファで寝そべっている人が、服を着換え、ネクタイを締め、散歩用でない靴を履いて出て来た。小川軒に着いて、やれやれわが事成れりと思った瞬間、目の前に急な階段が現れる。心臓病患者が（私の病気の脳出血も全く変りはないが）「ぎくと」してはいけないのだ。ところが、「ぎくとしたが」のつづきを読むと、

「全く無事に、実に愉快に、思わず四時間近くもいてしまった。そしてこれが私の洗礼になった。何だか自信がついた。八月一日の夜のことで、それは暑熱の激しくなった最中である」

悠然たるものである。小川軒楼上の夏の夜の賑わい、跡切れることのない和やかな笑い声が思いやられる。「大外出」はかくて上首尾に終り、東大で待機してくれていたお医者さんの出番が無かったのはめでたい。随筆はここで最初の主題に戻る。

それから立秋を待ちこがれ、それでも涼しくならず、二日を経てやっと、暑熱は去ったらしいと思うようになった。

引続いて颱風《たいふう》が九州へ上陸し、西中国を通って北陸へ抜けた話になる。福原さんはこのとき、戦争中に郷里へ疎開したまま村に居ついてしまっている八十四歳のお母さんがひとり住まっている広島県の海岸の家は、定めし吹き荒れる雨風の中でゆすぶられているだろうと思う。このお母さんは「春のてまり」（昭和三十七年一月）のなかでは、もう野方のお宅へ来ておられる。毎日、日のあたる硝子戸の中の縁側にすわって、色糸で模様にかがった手まりを作っている。昔の女の子がついたまりで、綿を芯に入れて白糸でぐるぐる巻きに巻きつぶした上を、いろいろな色糸で球形や曲線を含んだ模様にかがるのである。（いま、私の書斎のピアノの上の菓子鉢に飾られている手まりは、おばあさんから習い覚えて福原さんの奥さんが作ったのをいろんな折に頂戴したものである）

颱風の次は河上徹太郎『孤独な芸術随想』池島信平『ジャーナリズムの窓から』の二つの著書を読んで、その感想をY新聞の随想に書いたところ、教え子の高杉一郎さん（シベリア抑留の体験を書いた「極光のかげに」の作者である）からはがきが来て、あの随想は話が細かすぎて、世間一般には不向きでしょうと忠告してくれたという話になる。全国にいる福原さんの教え子が、先生のご身体の恢復ぶりやいかにと見守っている様子が窺われる。さらに、小川和夫氏のイギリス訪問記『ロンドン暮色』に移り、実に面白い本であったが、なぜ面白いかという段になると、またすこし話が細かくなるおそれがあると、高杉一郎さんからの忠告に結びつけながら、春雨が降って来て、土をうるおし、木の根を培うという、チョーサーの『キャンタベリー物語』の第一行を踏まえた小川氏のヒューマーをたたえ、更に英語はぺらぺら喋るものでなく、紳士はドモるものであるという小川氏の発見を「そこに気がついたのは、さすがNHKの人である」と持ち上げておいて、「私の英語のごときが、正に紳士の英語であることを今になって知ったであろう」と見えを切ってみせる。なお、この小川和夫さんがNHKのロンドン支局長になって英国へ向うとき、送別会を福原さんのお宅で開いたことが「野方閑居の記」のなかに出て来る。先にいったイギリスの詩人、批評家のウィリアム・エムプソンが東京文理大と兼任のかたちで東京帝国大学で教えていたときの小川さんは学生であり、「エムプソンの高弟というべき人であった」と書かれていることを附け加えておきたい。

こうして秋を迎えるまでの身近のさまざまな出来事を、おばあさんの手まりのようにかがってゆくうちにこの随筆もそろそろフィナーレに近づく。

そのようにして私は夏を過し秋を迎えた。八月が終りに近づくと、本当に風の音にぞ驚かれぬる、という日も重なって、私の夏の重荷もそろそろ下りそうになったが、この秋の成績はどうであろう。いまは快癒を祈るばかりである。

朝夕二度散歩せよといわれていたのが、近ごろやっと実行できるようになり、下駄をはいて歩く稽古を始めた。ステッキをつきながら、そろりそろりとまいるところ、われながらあわれである。やはりアイゼンハワーの方が颯爽としている――とアイゼンハワーのゴルフにまだこだわっているのが愉快だ。このあと、庭に咲きはじめた芙蓉の白や薄赤の大きな花には、どこか古風で穏やかなところがあって、病後の心持に添うものであると結ばれるのだが、この辺でもう一度、ヒップ　ヒップ　フレーと英語式の応援でステッキをついて歩く福原さんを励ましたい。今はこの世にいらっしゃらないのを知りながらそんな気持にさせられる。

杖

私は目下のところ、新旧二本の杖を持っているが、新といい旧といい、どちらも去年の暮に川崎市梶ヶ谷の虎の門病院分院を退院して、多摩丘陵地帯の生田の自宅に帰って来た前後の時期に求めたものだから、順序のあと先というだけで、年月の開きはない。

新しい方は結婚している三人の子供たちから私の退院祝いに贈られたもので、こちらは四月半ばの日曜日にかねがね家族のみんなと約束していた日比谷の東宝劇場での宝塚歌劇団花組公演を観に出かけた日（それが前回お話しした福原麟太郎さんの暑熱のなかでの新橋小川軒の、イギリスの旅の仲間との会合への出席に相当する、私の退院以来はじめての「大外出」であった）に使い初めをして以来、「よそ行きのステッキ」としてふだんは書斎のピアノの横の壁に立てかけたままになっている。光沢の美しい、茶色の杖だ。

片方（旧）は、退院の日取りがそろそろ決まりかける頃に医師の指示に従って病院の一階玄関わきにある売店で求めたもので、握りのすぐ下に剝がれそうになったまま くっついている絆創膏のような布切れの「3F庄野」の文字も今では判読し難くなっている。「3F」とは私が最初に入った溝の口の病院から虎の門病院分院へ移った十二月二日から、横浜の会社に勤めている長女の主人の車に妻、長男の嫁、次男の嫁、長女、私の入院中、小田原に近い南足柄《みなみあしがら》市から毎日、長女がおぶって来た満一歳の末の男の子と総勢七人が賑やかに乗り込んで、十一月十三日の発病以来留守にしていた生田の自宅へ帰るまでの約一カ月を過した三階の脳外科病棟を指す。

家に戻るなり、一月のきびしい寒さの中で早速開始した、一日一回、昼前ごろの、妻の附添いのもとでの散歩（ただし、近くの同じ大家さんの家作に世帯を持つ長男と次男がそれぞれ勤めの休みの日に誘い出しに来たときと、南足柄から長女が来たときは附添役が交替する）にも、最初は二週間おきから一カ月おきとなった担当の医師との面談・診察のための病院行きにも必ず携えているし、天気がよくないので（冬の間、あまり風の冷たい日は散歩を見合せた）外へ出られない日に室内でするリハビリテーションの棒体操――これは退院のとき、正月明けにもう一度、病院へ顔を出すまでの十日間ほどの宿題として、三階のO・T室（作業療法室）の担当の高橋先生から、「各三回宛、毎日練習して下さい」と赤鉛筆で書き入れた図解入りのカードの束を渡されたのを見ながらする――には無論欠かせないから、使い始めてまだそれほど日にちがたったわけではないのに、古馴染の、身に添う杖という気持がする。

自宅に戻った今では、三階脳外科病棟を示す「3F」の記号も名札としての意味をなさなくなっているのだが、捨て去らずにいるのは、その薄汚れた、ちいさな布切れが、もはや杖の一部となってしまっているからだ。

新しい方の杖がいわばステッキらしいステッキで、どこにも病気や身体の故障と結びつく要素を感じさせない朗らかな杖であるのに対して、こちらはその握りのかたちからして勘のいい人なら一目で「患者用の杖」と見抜きそうな杖だ。せっかく新しい、いい杖がありながら、なぜいつまでも病院の杖に執着するのかといわれるかも知れないが、それには理由がある。

握りの部分の作りが、持って歩く人の身体を支えるのに都合よく出来ている。新しい方の杖はそこがまるい食パン型なのに、こちらはLの字を逆さにした鉤型で、山高帽子にどた靴のチャップリンが、その最初のころの巻数の短い無声映画の中で街路を歩くときのように振りまわすのには不向きだろうが、ちょっとくたびれたときに路上で立ち止って身体を支える場合にはまことに重宝な杖なのだ。

握りしめるのに具合がいいふくらみが附いている。一方、握りの下の縁がゆるやかな波型の曲線を描いているのは、握りしめた指がうまく収まり、外れ難くする溝を作ったために生じたものである。しかも握りの部分は握りしめた人の手が間違っても滑って外れることの無い材質（人工樹脂か）が用いられていて、掌の肌に吸い着くのである。歩行に心もとなさの附きまとう人たちの身になって作られた杖といえる。

一月以来、私が日課のようにして歩くのは、家の前の急な坂道を下った先の、丘と丘の間に帯状にひろがる盆地の葡萄畑の横の日溜りの道だが（そこは北側が地主の建てたアパートに遮られて、冷たい北の風を通さない）、例えば妻がバス通りの商店街まで豆腐とかパンを買いにあるいはパン屋の前のポストへ葉書を投函しに行く間、待っている必要が生じたときなど、この杖の握りの部分を外套の腰のうしろに当てて、つっかい棒の代りにして小休止をすることが出来る。そうやって葡萄畑の西隣りの広い野菜畑の水菜や葱や小松菜の畝、そこいらを一羽だけ歩いているつぐみに目をとめていた。私は裏毛附きの防寒外套を着込み、愛用のハンチングをかぶって、子供のころに読んだロビンソン・クルーソーが小舟を操って島の巡視に出かけるときのいでたちを思い浮べながら、「大王様のお通りだぞ」と（不景気な大王だ）うそぶいて散歩に出かけたのであった。

病院の杖に対して、子供からの贈物の杖をステッキらしいステッキといったが、杖を意味する英語の単語にケイン（Cane）があるのを承知している。病院から持ち帰った方はケインだろうか、手許にある辞典を引いてみよう。

Cane ①杖、ステッキ（Walking stick）②（懲罰用の）むち（rod）③節のある茎をもつ植物（籐・竹・しゅろ竹・砂糖きびなど）sugar～（砂糖きび）～chair（籐椅子）

Stickの方を同じ辞典で引くと、

①枝切れ（切り《折り》取った枝切れ）というのが一番に出て来る。②が棒切れ、③（特別に作った）棒、杖、さお、④ステッキ（Walking stick）という順序になっている。⑦指揮棒　⑧ヴァイオリンの弓　というのもあって、ついて歩くものばかりがスティックでないことに気が附く。

次にポケット・オックスフォード辞典（福原さんが愛用された辞書で、あんまりよく引くので「韋編三度絶つ」の言葉通りに本がばらばらになり、何度か新しいのに買い替えなくてはならなくなった、自分ほどこの辞書をよく引いた人間は日本にも世界にもいないだろうと思うといっておられた辞書だ。私のは先年、はじめてロンドンを訪ねて『エリア随筆』のラムとその姉の生涯を偲びながら十日間をストランドの通りに面したホテルで過した記念にと帰国してから求めたもので、一九七八年に発行された第六版である。もうこれから先どんなに勉強したところで福原さんのように辞書を引きつぶしてしまうことはよもやあるまい。これを見ると、なるほどstickの方は、もともとは木の枝であったものを人間がナイフか何かで切り取るか、手で折り取ったものだというのがはっきりする。そういえば、以前、私の家にはこの第一の語義にぴったりしたものがあった。七年前に結婚した長男が小学校上級のころに、クリスマスか私の誕生日の贈物にくれた手作りのステッキがそうだ。何の木か名前を知らない。生田へ越して来てまだ日が浅く、ナイフひとつ持って山に入ればステッキに仕立てられる素材には不自由しない環境であった。握りに当る部分に彫り物がしてあった。

ただ、せっかく貰った、見るからに頑丈そうな杖も、手に持って歩くには少し重いのが難点で、キャムプでも出来そうな山の（実際、私たちは近くの家の中学生が学校で借りて来たテントを用いて、ひとつ南側の丘の斜面で、私の方の三人の子供とその中学生と私の五人で一晩、キャムプ生活をしたことがある）、蝮《まむし》の出そうな道を歩くとき、用心のために足元の草を払ったりするとか、雪が降った翌朝、庭木の枝をたわませている雪を落すのに役立ったが、散歩の友としてはあまり活用されなかった。考えてみれば、私はまだ四十になったばかりで、杖というものの有難味を知るには年が不足していたに違いない。

ついでにケインの方を引いてみると、先の英和辞典の説明の③にあったものが最初に出て来る。ケインといえば節のある茎を持つ葦とか籐とか竹、しゅろ竹のような植物、それに丈の高い砂糖きび畑を鎌を手にして切り払いながら進む労働者の群れを聯想《れんそう》すべきものであるらしい。その人間生活で重宝される用途の一つが散歩用の杖であり、また懲罰というのがおかしい。軽くて耐久性がよい、よくしなるところから、校則を破った寮生活をしているイギリスの少年が校長室に呼出されて、当然の処罰を受けるときには、やわらかな尻の肉によく食い込む筈が竹で作られているのは理に適っていることだ。私はここで『トム・ブラウンの学校生活』（トマス・ヒューズ作・前川俊一訳・岩波文庫）のなかで主人公のトム少年がどんなふうにラグビー校のそばを流れるエイヴォン川の岸で対岸の地主の命を受けてきびしく猟場の見張りをつづける番人の目をくらましながらうぐい釣りに熱中したかを紹介したい誘惑に駆られる。

或る午後、トムは向う岸の淵の大きな柳の木の蔭に大きいのが何匹かいるのを見つけ、川下の浅瀬をズボンをまくり上げて歩いて渡り、柳の下で随分大きいのを三尾も釣り上げ、四匹目を狙って釣針をまさに投げ入れようとしたときに、川岸をこちらへやって来る男の姿に気づく。それは最近、地主のところで働くようになった副番人で、はじめて会ったとき、夜釣りをしている現場をもう少しで見つかりかけたのだが、トムは、上級生の連中がいる深い場所（スウィフトという名が附いている）に行った方がいいよ、連中は仕掛糸の名人だから大物釣りの秘訣を教えてくれるよ、などといってからかった。で、番人はこの生意気な小僧めとばかり、トムの顔をよく見て覚え込もうとしていた。おまけにぶつぶついいながら引き上げて行こうとする番人に対してトムは仲間と一しょになって「番人をからかう歌」のコーラスを始めたものだ。

今度、捕まったらただでは済まない。トムは急いで川上の、さっき渡った浅瀬の方へ釣竿を引きずりながら這って行き、間に合わないと見て、川の上へ大枝をひろげている木によじ登って枝のかげに隠れた。ところが、下に垂らしていた釣竿を引っぱり上げる前に番人に見つかってしまう。絶体絶命の窮地に追い込まれてトムはどうしたかというと、枝を伝って先の方へ行き、川へ飛び込もうと考えたが、たとえそうしたところで番人が浅瀬を渡って先廻りをされては逃げ切れないと観念する。番人の方はおりて来るまでわしはここを動きませんぞとパイプに煙草を詰めて火をつける。哀れなトムは、あいつに捕まったら、(校長先生の) 笞打ちの刑は免れられない、だが、点呼の時間が迫っている。それに一晩中このまま木の上にいるわけにはゆかないと考える。……

校則を破って笞打ちの処罰を受けるというのは、こういう場合なのである。この晩、猟場の番人は諦めて木から下りて来たトムについて学校まで行き、校長に身柄を引き渡した。校長は川岸についての規則は心得ているだろうなとトムに念を押した上で、明日一時間目が済んだら私が来るのを待っているようにと命じた。翌日、トムは校長先生から笞打ちを受けたのだが、うぐい釣りのシーズン中、トムは最初に大物を釣り上げた大きな柳の木の下で沢山の魚を釣ったけれども、二度とその番人に捕まらなかった (著者のトマス・ヒューズは、甚だ遺憾なことであるがといった上で告白している) ことを附け加えておかなくてはいけない。番人とトムは大の仲良しになったのだ。

私はどちらも散歩用の杖という共通した語義を持つ二つの英語の単語、cane と stick の語感というものを知りたくて苦労しているのだが、三十年前に米国中西部のオハイオ州ガンビアで妻と二人で暮していたとき、ステッキまたはケインにつながりのある思い出は無かっただろうか。私たちが附合っていた村の住人のなかに年を取った人はいた。大通りに面したウイルソン食料品店の親爺、テニスコートや体育館のある丘のふもとへ下りて行く道の右手にあるビールを飲ませる食堂、ドロシイズ・ランチの、スコットランドから来た石工上りのラットレイ老人の二人が先ず浮ぶ。ところが、そのどちらかが杖を手にして道を歩いているところを見た覚えは無い。ドロシイズ・ランチの親爺のごときは、サッカーの試合を見に行ったとき何度か一しょになったが、グラウンドのわきに立ったまま、寒さで顔と身体を震わせながらケニオンに声援を送り、ハーフタイムになると、タッチライン沿いに歩いて、寒さで硬ばった足腰をほぐしている姿は思い出すが、観戦中、杖で身体を支えていたことは一度も無かった。

散髪屋ジム（私が別れの挨拶に行った夏の日、今にも泣き出しそうになり、最後の散髪の代金を受け取ろうとしなかったジムがまだ元気で仕事をしていたころだ）の店と北隣りの自動車のオイルなどを売る店との間に木のベンチが一つ置いてあって、夏になると、どこからともなくじいさん連中が集まって来て、ここが集会所になった。いずれもそれぞれ農園かどこかで働いていて、今は引退している人たちなのだろう。私は「ガンビア・クラブ」と呼んでいた。しゃべっているときもあるし、腰かけたまま楓《かえで》の並木のミドル・パスが走っている前の通りを眺めていたが、いつも陽気で屈託のない雰囲気があった。たまにはジム自身、彼等の間に挟まってベンチにいることもあった。ところが、「ガンビア・クラブ」の面々のうちに杖を持っている者がいたという記憶が無い。

引退はしているけれども、まだまだ若い者には負けないといった親爺さんたちという印象が強かったせいもあるかも知れない。そのうちの誰かが杖の握りの上に重ねた掌に顎を載せる姿勢でいたにしても、その杖が私の目にとまらなかったのだろうか。福原さんが文部省の在外研究員として英国に留学されたのは満三十五歳のときであった。私は福原さんよりも一つ上の三十六歳の夏に米国へ行き、三十七歳の年に帰国した。

「秋のダンス・ウィーク」というケニオンの年中行事があって、ふだんは僧院のようだと学生が嘆く、さびしく、ひっそりとした大学構内に招待を受けたほかの大学の女子学生が大挙してやって来て（彼女らを載せたバスを学生たちはキャトル・カーと呼び慣わしていた）、寮の建物のなかのそれぞれのギリシャ名前の学生の親睦クラブのラウンジでのカクテル・パーティー、五百人余りの学生が揃って食事をするピアース・ホールでの生演奏のバンドを招いてのダンスがつづく。ウイルソンの親爺が、

「昨夜はダンスに行ったか」

と訊くので、行った、ダンスはしなかったというと、不服気にどうしてだという。若い人たちに混ってダンスをするには年を取り過ぎたんでねと答えると、ウイルソン、真顔になって、

「そんなことはない。人生は」

四十から始まるといったか、五十から始まるといったか、今からそんな弱気でいったいどうするんだといわんばかりの詰問する口調となったので慌てたのを思い出す。

学生のジニイ（今は郷里のニューヨーク州ユティカの大学で英文学を教えている）やハワイ出身で、のちに卒業式にはじめて米本土へ旅行した日系一世のお母さん、お姉さんに私たちの「白塗りバラック」へ夕食に来て頂くことになるトム、クリスマスの休暇にワシントンへ出かけた私と妻を往きがけの車の世話（東部へ帰省する友人の車に便乗させて貰えるように頼み込んでくれた）からホテルの予約までしてくれた上に、ワシントン滞在中は内務省に勤めているお父さんの車を借り切って私たちを案内してくれたブルースらとずっと一しょに行動していたのだが、ピアース・ホールのダンスは入場券を買っている者でなければ入れないように係の学生が入口で番をしている。それで私たちはダンスはそこそこにして会場の外へ出たのであった。

ジニイやトムに聞いた話では、ダンス・ウィークに女子学生を招くには、寮の宿泊費が二晩で五ドル、食事代が三十ドル、むろんタキシードを用意しなくてはいけないし、相手の女性が胸に着ける花も買わなくてはいけないから、相当な出費で、ジニイやトムのように奨学金を受けてケニオンに入学した者にはとても無理、知っている子がいるから呼んでやろうというわけにはゆかないらしい。また、私たちが卒業式のあとでニューヨークの街をヤンキー・スタジアムでのニューヨーク・ヤンキースとホワイト・ソックスの試合見物を含めて一しょにお上りさんよろしく見物してまわることになる（その中にハワイで八百屋さんをしているトムのお母さんとお姉さんがいたのはいうまでもない）この三人は、無器用なのか、熱意が不足しているのか、女友達といえる者を一人も持っていない点で共通していた。呼ぼうにも呼ぶ相手がいなかったのである。

ピアース・ホールの楽の音が耳もとに蘇っている間に、「病院の杖」に戻ろう。最初、私に杖を買うようにと指示したのは、担当の二人の医師のうちの年長者で、脳外科病棟の責任者の立場にいた石川誠先生であった。

十二月も半ばを過ぎた或る日の午後、病室へまわって来た石川先生が、ちょっと歩いてみましょうといった。同室の隣りのベッドで入院中、私がいちばん親しくしていた吉岡さんが金属製の四本足のいい杖を持っていた。石川先生はその杖を借りて、廊下へ持って出た。浅草の紙問屋の息子さんで、今は池袋の方で紙の小売店をしている吉岡さんは、車椅子の操縦が大変上手な人で、私は前から感心していたが、四本足の杖を使って歩くところを見たことは無かった。従って私は吉岡さんがいつごろその四本足の杖を手に入れたのか知らない。

車椅子で廊下に出た私に石川先生は杖を渡した。これを持ち上げて、右前方へ出す。次に悪い方の（私の場合は）左足を踏み出して、杖の手前におろす。今度は杖で身体を支えながら、残った右足を前に出して揃える。

石川先生の、

「杖、左、右」

の号令に合せて、ひとつひとつ復唱しながら歩行練習を始めた。四本足の杖は何と頼もしく、どっしりしていたことだろう、持ち上げて前へ出すとき、大袈裟にいえば「どすん」といった具合に床に着く。先にゴムかプラスチック製のキャップが嵌《は》まっている四方に張り出した足がしっかりと床の表面に吸い着く仕組になっている。すべすべしている3Fの廊下の床に、恰も大地に根を生やした『ジャックと豆の木』の豆の木のように根を下して、かしぎもしない。

「杖、左、右。杖、左、右」

第一声の「ツエ」では、東京育ちの石川先生の発音通りに、最初の「ツ」にアクセントを置く。関西だとその逆になるのだが、私はアクセントを頭に置くその「ツエ」を強調し（廊下のわきで妻が見学していた）、それで弾みをつけるかのように悪い方の左足を踏み出した。赤ん坊のとき、歩き始めの稽古はどんなふうにしただろう。まだ若かった父と母、あるいは二人の兄の見守る前で、はやし立てられながら、号令も順序もなく、滅茶苦茶に突進を繰返したのではないだろうか。

石川先生に廊下で歩く練習をさせて貰うまでに、多分、リハビリテーションのＰ・Ｔ室

（理学療法室）で平行棒につかまって歩く稽古は済ませていたに違いない。その結果が担当の嫁兼先生から石川先生に報告されて、この日の四本足の杖での歩行練習となったものと思われる。Ｐ・Ｔ室は一階のエレベーターを出た廊下のすぐ先にあった。そこまでは訓練の始まる時刻になると看護婦が車椅子ごと連れて行き、訓練が終るとまた迎えに来て、病室まで連れ戻してくれる。私はいつまでたっても車椅子の操縦が下手糞な上に、車椅子でのエレベーターの乗り降りに根強い不安があり、リハビリテーションの部屋への往き帰りにいちいち看護婦さんの手を煩わしていた。エレベーターの扉が開いて、私が車椅子を前へ進める。と、前には何も無く、私の身体は車椅子ごと四角い空間の闇のなかへ吸い込まれる。叫び声だけを残して。マフィヤを主人公にした映画にも出て来そうにないことなのだ。標示板の電燈が正しく点滅している限り、エレベーターの扉が開いて、その前に何も無いという事態はあり得ない筈なのに、そんな不安を否定し切れなかったのは、いつまでも車椅子に馴染まないからであったかも知れない。長女はギャング映画の見過ぎですといわんばかりの口調で笑うのであったが。

小型の体育館、ボクシングのジムのような室の一隅、窓際に近く平行棒があるのを見たときから、早くあれにつかまって歩いてみたいと思っていた。だが、そこへ行くまでに通らなくてはいけない機能回復のための基本訓練に当るものがあった。しかもその中には、単純なようでやさしくはない動作が含まれていて、まだるっこしい思いにさせられることがあった。

椅子に腰かけていて、すっと立ち上る。健康なら何でもない（腰痛に悩まされている人は別として）動作だが、その練習に時間がかかった。私の担当の嫁兼先生は訓練士の資格を得る学校を卒業してまだ一、二年にしかならないように見える若い方であった。私の長女よりも十くらい年下だろうか。長女のところは四人とも男の子だが、中学二年の長男がもし女だとしたら、その子のお姉さんといってもおかしくないくらいの年恰好であった。

無駄口は少しも挟まず、自分の選んだ仕事に打込んでいる。

私は平行棒の間で若い嫁兼先生と向い合う。両方の掌を胸の前で合せて、海の中で泳ぎ出す人のような姿勢になり、次にそれを前へ押し出すのと同時に椅子から立ち上る。これが簡単なように見えて難しい。

というのは、立ち上った拍子に私の身体はバランスを失い、前へ突込むように倒れ、嫁兼先生を巻き添えにするのではないかという恐怖のために身体が硬ばるのである。どうやら両手を前へ押し出すようにして開く動作による微妙な反動を利用して、腰かけていた上体が立ち上りやすくなるらしい。今度の病気で私は十キロも体重が減ったとはいえ、まだ六十キロ近い目方がある。あまり頑丈そうには見えない嫁兼先生が私の頭突きに会って床の上に倒れ、そこへ六十キロ近い体重がかかったとしたら、どうなるか。倒れた拍子に床で後頭部を強く打ちはしないだろうか。私がその心配を口にすると、いつも生真面目な表

情の嫁兼先生が、

「私だって怖いですから」

そんな目に会わないように気を附けますわというふうに笑うのであった。

平行棒につかまって歩く練習なら、おそらく私はいそいそとして先生の指示に従った筈なのに、椅子から立ち上る動作にはこのように臆病で、先生を困惑させていた。

そもそも発病入院した最初から、左半身の麻痺のためにひとりでは歩けない身体になっているにも拘らず、その事実に気附いていない人間のように歩きたがっていた。入院中、小田原に近い南足柄市から電車を乗り継いで、誕生日前の末の子をおぶって、毎日、病院へ来て、看護の妻の相談相手になったり、手助けをしていた長女は、私が自宅療養に移ってからも、妻の外出の予定を尋ねた上で月に何回か手伝いに来ているが、或る日、私の散歩に附添って葡萄畑の横の道を歩いているとき、溝の口の救急病院にいた最初のころ、私は、入院した晩に履いていた自分の靴がベッドの下の床にいつでも履けるようにして（靴下と一しょに）置いてあるかと何度も念を押したという話をした。それから、黒の財布はと尋ねる。ふだん生田の自宅で散歩に出るとき、いつもズボンのポケットに入れておく黒い皮の二つ折りの、古くなった財布のことで、今回、救急車で溝の口の病院へ運び込まれたときも、日の暮れに歩きに出ようとして具合が悪くなったから、「黒の財布」はそのままズボンのポケットにある筈だが、その所在を確かめたかったのだろう。

つまり、どこへ行くにせよ、財布なしではどうにもならないからだが、とにかく、いつでもベッドからおりて病室を出て行けるようにしておけという。頭の上に点滴注射の容器がいくつも吊されている患者が、である。

「やらないといけない原稿の仕事があるのに、こんなところでぼやぼやしていられない。お父さんはそういう気持でいたみたいです」

「歩けないことが分っていなかったのかな」

「そんなことはないと思うけど」

その病院では車椅子は与えられていなかった。車椅子というものをふだんは見かけなかった。ベッドの横に必ず車椅子が横附けにされていたなら（あとで移った虎の門病院分院のように）靴の所在を気にしたりしなかったかも知れない。車椅子なしではどこへも行けない身体であることが否応なしに分る筈だから。

歩けないことが分っていなかった——とは考えられない。半身麻痺のため歩くことは愚か、立つことも出来なくなっているという自覚が足りなかったのか、その自覚よりも早くここを出て、自分の家へ戻り、不便を忍んでも自分の流儀で暮したいという願望の方が上まわっていたのか。多分、その両方であったのだろう。入院して十日は過ぎていたと思うが、或る晩、夜中の、みんな寝静まっている時刻に私はベッドをおりて出て行こうとして大失敗を演じてしまうのだが、それはまたの折にお話ししよう。

葡萄畑の横の道を歩いているとき長女から聞いた話では、私は看護婦に向って、私の病名は何ですかと質問したことがあるらしい。

「脳内出血です。最低三カ月は入院しなくてはいけません」

看護婦が答えた。――私は重症室にいた最初のころ、よく看護婦から身上調査のような質問を受けたのを覚えている。ここはどこですかというのもあり、私はその都度、病院名をはっきりと答えたものだ。意識がどの程度はっきりしているか調べるための質問で、仕方のないことであったが、たまにはこちらから質問してもいいだろうと思ったのか。あとで私はその会話について妻と長女に話した。まだ病状が必ずしも安定したとはいえない時期のことで、そんなことをいってもし私がショックを受けたらどうするのと、長女は憤慨したという口ぶりであった。おそらく私自身、何の病気で病院へ連れて来られたか承知していただろうし、看護婦の返事を聞いて今更動揺する心配も無かったと思われるが、私は長女から持ち出されるまで、自分がそんな質問を看護婦の誰かにしたとは知らなかった。溝の口の病院にいた間の記憶は、みんな薄暗がりのなかに沈んでいて、覚えていることでも前後の脈絡がはっきりせず、現実にあったことなのか、病気が招いた幻覚、または夢にみたことなのかさだかでないものが多い。

左手左足が不自由になっていることについては、或る程度は分っていた筈で（例えば妻が毎日、病室へ入って来るときと帰る前に必ず、私の左手の指をつかんで握り締めたり、反らしたり、揉むようにしているのは、親しいどなたかから、発病の最初からそんなふうに習慣づけることによって後遺症を防ぐことが出来る、するのとしないのとではうんと違って来ると教わったからであると私は知らされていた）、全く知らずにいたとは思えない。人の助けを借りずに歩けるとも思っていなかった。あるいは虎の門病院分院へ行ってからであったかも知れないが、見舞いに来てくれた出版社の友人のFさんに向って、

「ロシアの民話に、足なしニキタっていうのがあるけど、僕は足なしニキタになったよ」

といったのは、Fさんが大学でロシア文学を学んだ人であったからだ。あとの方は「足なし」でなくて、「足なえニキタ」といったのであったか。Fさんは何もいわなかった。咄嗟のことで返事のしようが無かったのだろう。ロシアの民話に、といったものの、当の私がそれはこうこういうお話ですと説明できないのだから――というのは子供のころに読んだもので、多分、私がギリシャ神話から日本の源氏と平家の戦いの物語（宇治川の先陣争いの話などもそこに入っていた）まで、小説の方でいえば「クオレ」や「小公子」「小公女」「家なき児」から探偵小説の部類に入る「地下鉄サム」にいたるまで何もかも読んだ『小学生全集』の、低学年向きは赤、高学年向きは青の背表紙の全集本のなかで読んでいるに違いない――Fさんが何らの反応を示さなかったとしても、とやかくいえた義理ではない。私の漠然たる印象では、ニキタは何で足なしになったのか分らないが、足なしであるにも拘らず、普通の人の考え及ばない目覚ましい働きをやってのけたのである。

　ここで私は小沼丹の随筆集『小さな手袋』（小沢書店刊）に彼が中学一、二年のころに愛読した『ロシア伝説集』のことを書いた「母なるロシア」という一篇があり、そこにロシアの大地にしっかりと根をおろしたような勇士の話が出て来たのを思い出して、久しぶりに本棚から取り出してみた。「足なしニキタ」の名前は無かったが、何かヒントになることが書かれていないだろうか。

『ロシア伝説集』は小沼が彼の家の本箱にあるのを見つけて、引張り出して読んだというから、ひょっとするとキリスト教会の牧師さんで明治学院に関係のあったお父さんが昔、読まれた本なのかも知れない。訳者は昇曙夢《のぼりしょむ》氏だったと思うとある。私たち戦前にロシア文学に親しむようになった者には、秋庭俊彦氏などとともに馴染のある翻訳家の名前である。大勇士のスウヤトゴルは大へんな大男で、うっかり歩くと地面が壊れてしまうので（というのがおかしい）、大抵のときは高い山の嶺から嶺に静かに身体を横たえていたという。このスウヤトゴルがどこかへ行くときは巨大な馬に乗るが（それはそうだろう。彼が乗ってもつぶれないくらいの馬なら相当大きくなくてはいけない）、大地は震動し、河川は氾濫し、森はざわめき始める。

　しみじみと哀れ深いものに心を寄せる一方、勇ましいのが大好きな小沼のことだから、本を読むなり、ここに登場する大勇士、小勇士に夢中になったのも無理はない。

「このスウヤトゴルに大力を授かったイリヤ・ムウロメツとかドブルイニヤ・ニキチイチ

とか、アリヨオシャ・ポポオウイチとか、キエフのウラジミイル王の食卓に着く勇士達を僕は愛した。当時、僕が一番好きだったのはドブルイニヤ・ニキチイチである」

ニキチイチ？　これはニキタの親戚みたいな名前だが、どうなのだろう。せっかく二度も名前をしるされていて、しかも小沼が一番好きな勇士だというのに、その行状なり性格についてひとことも触れてないのは残念というほかない。ドブルイニヤという名前のひびきも快いものがある。

のちにツルゲエネフの散文詩の「農村」という一篇の冒頭の一行に、

七月を終る日。身を繞る千里、母なるロシア。

とあるのを読んだとき（小沼はこのときはもう中学生でなくて大学生になっていた）、小沼の頭のなかに、かつて自分の愛した古い伝説の世界が鮮やかに甦った。この「農村」は『散文詩』の冒頭の詩で、今のはその最初の一行であったから、頁を開いたとたんに眼にはいった。そうしてその一行を読んだとたんにスウヤトゴルやイリヤ・ムウロメツやドブルイニヤ・ニキチイチが住んでいた世界が甦ったというのだから、聞いただけでも大らかな、いい気持になる。もし自分がこれらの、大地に根を下したような勇士達を知らなかったら（ここへ小沼はミクウラという勇士の名を書き加えている。これもいい名前だが、いったいどんなことをした勇士なのだろう）、「身を繞る千里、母なるロシア。」の一行は、僕にとって何でもない一行だったかもしれないと小沼はいっている。

こうして短文の随筆のなかに小沼が書きとめてくれたお蔭で、ロシアの古伝説の世界の勇士とはおよそ縁遠い、みじめでみっともないしくじりの多かった脳内出血患者の入院記のなかで広大無辺な母なるロシアの大地を想い描くことが出来るのは有難い。

先年、私は『エリア随筆』の作者とその姉の生涯を偲ぶために妻を伴ってはじめて英京ロンドンを訪ね、ラムが靴のかかとの下に踏みしめて歩く感触をスウィート・セキュリティ（楽しきその無事安泰）という言葉でたたえた街の舗道を自分の足で確かめてみた（まさか数年先に歩行を危うくさせるような大病が待ち受けているとも知らずに）十日間の旅の往き帰りの空の上から、飛べども飛べども終りにならないシベリア大陸の広さをつくづく思い知らされたことを附け加えておきたい。「七月を終る日」ともなれば、あそこも「母なるロシア」のうちに入るのだろう。少なくとも「シベリアの旅」でチェーホフが難儀しながら馬車で通って行ったのはあんなところであったに違いない。

杖のはなしに戻る。最初の歩行練習が終ったとき、私は石川先生から、P・T室の嫁兼先生に話して杖を買っておいて下さいといわれた。今日は吉岡さんの四本足の杖をお借りしたけれどもこの次からはご自分の杖を使って歩いてみましょうというふうにいわれた。私は翌日のリハビリテーションのときに嫁兼先生に話した。ところが、四本足の杖ではなくて普通の（一本足の）杖を買って下さいと嫁兼先生はいった上に、それもあまり使わずに済むかも知れませんよと附け加えた。実をいうと、私ははじめて自分を歩かせてくれた、ジャックと豆の木の豆の木のように病院の廊下であろうとどこであろうとしっかり根をおろしてしまう、吉岡さんの四本足の杖を自分もひとつ所有することになるのを喜び、期待していたので、嫁兼先生の言葉を聞いたとき、ちょっと失望した。私は吉岡さんの杖を手に取って、つくづく眺めたことがある。製作所の名前がどこかに出ていないかと探してみたら、金属の表面にただ、Quad - cane、と小さな字で刻まれてあった。ここで即座に4の数字が頭に附く英語の単語をいくつか口ずさめるならよいが、せいぜい四重唱、四重奏団のクワルテットくらいのもので、Quadrilleには、古風なスクエアダンスの一種のカドリールのほかに、十八世紀に流行したという四人でするトランプ遊びというのがあるのも、辞書を引いてみるまで知らなかった。聯想としては今、名前の出たチャールズ・ラムの「インナー・テムプルの昔の評議員連」の中に法学者ソールトの執事兼召使のラヴェルとして描かれるラムの父が大変器用な人であったというくだりで、このカドリールの踊りをやらせても大したものでしたというのが出て来たのではなかったかというところへ辿り着く。

クリベジ（というのはトランプ遊びだが）の盤や室内用の玩具も申し分なく作る

し、カドリールの舞踏も球戯も同じように楽々とこなす。パンチ酒を作らせたらイギリスの同じ身分の者の誰よりも上手だった。

このラヴェルも老年という敵には降参せざるを得なくなり、夜、腹を空かせ、疲れ切って会社から帰宅する末っ子のラム（まだ二十一歳の若さであった）にクリベジの相手を命じ、晩御飯もゆっくり食べさせてくれず、もう止めましょうといおうものならとたんに機嫌が悪くなり、わしのトラムプの相手をするのが嫌ならもう会社から帰って来るなと無茶なことをいい出してラムを困らせた。ラムのお父さんは脳軟化症にかかっていたのかも知れない。私はラムのお父さんとは違ったかたちで第二の幼児期を病院にいる間に経験したので、ラヴェルの行状をひとごととは思えないのだ。

――長女が葡萄畑の横の道の散歩で話したなかに次のような出来事がある。最初の病院にいた、それもはじめの方のことだが、担当の医師（内科の先生）に向って、学校時代、サッカーの選手をしていた子供が二人いて、肩につかまれば便所へ歩いて行けますから家に帰って養生することが出来ます、是非、退院させて下さいといった。その話を伝え聞いた長男が、僕は会社に行かないといけないから、一日ずっとお父さんのそばについているわけにはゆかない、それは無理ですという意味のことを先生に訴えたというのである。

嫁兼先生がくれた註文書を持って行って、妻はその日のうちに一階の玄関わきにある売店で指定された杖を買って来た。それはどこにも空想をそそる要素の無い実用向きの杖であった。値段は、私が吉岡さんから訊いておいた金属製の四本足の杖の半分以下であった。これを妻が嫁兼先生に届けると、次のリハビリテーションの時間のはじめに私の身体に合せて寸法を調節してくれた。先生は杖の先のゴムのキャップを外して、控室から持って来たちいさなカッターを用いて苦もなく先を切り（建具屋さんか何かのように器用な手つきで）、元通りキャップを嵌めた。受け取ってみると、「3F庄野」の絆創膏のような布切れが、手まわしよく握りの下に巻きつけてあった。「病院の杖」は、こんな手続きを経て私のものになった。

次に石川先生が病室へまわって来られたとき、新しい自分の杖で廊下を歩く練習をしたのはいうまでもないが、一、二回往復したあと、いきなり、

「今度は杖なしで歩いてみましょう」

といわれたのには驚いた。そんなことが出来るのだろうか。杖を妻に渡して、歩いてみた。ところが、杖の助けなしで普通に歩けた。

「ツエ、左、右。ツエ、左、右」

の、アクセントを頭に置く「ツエ」抜きの、「左、右」だけで、私は廊下を進んだ。吉岡さんの四本足の杖の、あのどっしりとした着地の感覚に憧れていた間に、いつの間にか私は「足なしニキタ」でなくなっていた。

石川先生は別に不思議そうな顔もせず、手をもう少し勢いよく前へ振り出して下さいと注意しただけで、黙って見ておられた。そういわれると、悪い方の左手の振りが小さくなりがちなのに気が附いた。小学生のころ、運動会の行進の予行演習のときなど、緊張のせいか、手の振りと足の踏み出しが揃わなくて、右足が出るときに右手が、左足が出るときに左手が前に振り出されてまごつく子がいた。廊下を何度か、口笛の伴奏入りの「クワイ河マーチ」の旋律が耳もとに鳴り響いているかのように行進していた私にもそんな間違いが生じかけて、白髪あたまの老兵はちょっとうろたえた。

私の記憶があやふやだが、あるいはそれより前に片手で廊下の壁の手すりにつかまりながら歩く練習が中間の段階として挟まっていたかも知れない。病室の入口の幅だけ手すりの無い個所が出来るわけだが、そこへ来たときはたまたま会社の休みの日に自転車で病院へ来ていた長男か次男が身体を支えて、向う側の手すりまで渡してくれたのではなかったか。車椅子なしでそんな歩く練習をしている私は、まるで仲間にはぐれた風来坊のからすのように見えたかも知れない。それともそれは杖なし歩行練習のあとにあったことなのだろうか。杖の助けなしで歩く私を、運動のコーチか何かのようにストップ・ウォッチ片手に時間を測っておられた石川先生の姿を覚えている。歩き出すところから折返しまでが約十メートル、歩けるか歩けないかだけでなく、速度も参考にしておられたようだ。

また杖なし歩行練習を首尾よく済ませたとき、今度はご自分で両方の腕を身体のわきにつけて勢いよく振って、ダッシュの身ぶりをしてみせ、私にその動作をやらせてみようとされたのはどういうおつもりだったのか。その次は廊下の床にうずくまる姿勢から一気に立ち上る動作。私はやってみようとしたが、うまく行かず、廊下の床に尻餅をついてしまった。

高校と大学の医学部時代を通じてラグビーの選手をしていて、ポジションはフォワードのナンバー・エイトであったという話を石川先生から伺い、そういえばナンバー・エイトのために生れて来たような身体つきをしておられると思ったのは、退院する前であった。ラグビー好きの私が、今でもOBのチームの試合に出られますかとお訊きすると、怪我が怖くてねといかにも怖そうな顔をしていわれた。ナンバー・エイトというのは敵のしかけるサイド攻撃を先ずタックルで倒さなくてはいけない。反対に攻める場合には真先に立って突込んでゆかないといけない大事な役目だから、石川先生が怪我を怖れるのも無理はない。

新しい杖の方は、子供らが相談して、退院祝いはステッキと決め、みんなから委《まか》された長男の嫁が、七月に赤ん坊が生れる次男の嫁と二人で連れ立って正月明けに二子玉川にある高島屋へ出かけた。見本のカタログの中から選んだものが発註されて、半月ほどたって届いた。何の木か知らないままに使い初めをしたが、先日、長男の嫁に尋ねてみると、黒檀です、といった。黒檀や紫檀は家具にする木かと思い込んでいたが、ステッキにもなるらしい。

北風と靴

妻が時間のかかる用事で外出するとき、南足柄から留守番代りに来た長女が私の日課の散歩に附添って歩く。葡萄畑の横の日溜りの道を末の子をおぶって歩きながら、去年の十一月半ばに私が突然発病入院した日、小田原に近い南足柄の山の中腹の家からどんなふうにして溝の口の病院へ来たかを話したことがある。それから大分間を置いて、今度は散歩中でなしに家にいるときに（梅雨明けが遅れていた七月上旬のころだ）、もう一度、その日の話を聞かせて貰った。雨の日に歩くのは、片手に杖を持ち、空いた手で傘を持たなければいけないが、その左手がこれまで使っていた竹の柄の傘を重く感じるようになり、折畳用の小さな傘の方が使いよくなった。その軽い傘でさえ歩いているうちに右手に持ち替えて、杖は左手にさげて歩くことが多くなりがちで、それでは手を振って歩けないからと、妻が代って杖を持ってくれる。寒さのきびしかった頃には一度もお休みにしなかった日課の散歩が、梅雨に入ってからは、雨の降り出さないうちに少しでも歩いておきましょうと空模様を見て、僅かな晴れ間を狙って外へ出るようになった。一度、身体に麻痺を起した者にとっては傘と杖の両方を持ち歩くのは、思ったよりも厄介なものであった。それにしても傘一本を持ち扱いかねるとは情ない身体になったものだ。

悪くなった左手の握力が落ちていることには、病院にいる間に気が附いた。或る日、担当の二人の医師のうち若い方の土田先生が病室へ握力計を持って来て、両手の握力を計った。左手はうんと弱くなっていて、右手の半分くらいしかなかった。退院前にはかなり回復して、それほど大きな変りはなくなっていた。ところが、家に帰って電話に出ると、話しているうちに相手の声がかすかになって来て、ちょっとお声が遠いんですがということがある。間もなく気が附いたのだが、それは相手の声のせいではなく、受話器を握っているこちらの左手が下って来て、耳の穴から外れるために先方の声が聞き取り難くなっているのであった。私は力をこめて受話器を耳に押しつけながら、こんなにも弱くなった自分の左手を嘆かずにはいられなかった。

長女のはなし。

一回目にお母さんから電話がかかって次にかかるまで三十分くらい間があった。はじめにかかったときは夕御飯前で、子供らはもうみんな学校から帰っていた。――私の退院前に一度、南足柄の長女の一家が全員で病院へ来たことがあった。上が中学二年でバスケット・ボールをしている。二番目が一年で陸上競技部、三番目が小学五年でサッカーのクラブに入っている。一昨年の十二月に生れた末の子は、長女がおぶってはじめは溝の口、次は梶ヶ谷と、南足柄から川崎市まで電車を乗り継いで病院通いをしているうちに満一歳の誕生日を迎えた。おじいちゃんと民夫（末の子）のどちらが早く歩き出すかというのが一家の話題になっていた時期があった。梶ヶ谷の虎の門病院分院へ移ったとき、六カ月は入院することになるでしょうといわれた私の方が、当然のことながら分が悪かったが、途中から勢いを盛り返して、優勢に見えた孫を追い抜くかたちになった。長女のはなしのつづき。

……最初、「あのねー」といった。その声であれっ？　と思った。お父さんが血圧が急に高くなって入院されたの。夕方、散歩に行こうとしたら、靴が履けなくなって、そのまま出て行こうとされたから、止めて、お布団に寝かせて、救急車を呼んで。丁度、良二（次男）が休みの日でいたから来て貰って、一しょに救急車に乗って。それで今、溝の口の救急病院にいるの——と病院へ来るまでの経過を一通り話してから、今、いろいろ検査をしていて、結果が分るまでに時間がかかる、後でまた連絡するから、すぐ来てくれなくていいけど。

来なくていいといったけど、そのお母さんの声がもう緊迫した声で、病院の名前と電話番号を教えて貰って、宏雄さん（夫）に連絡を取って行くからと返事をした。びっくりするといけないと思って血圧が高くなったのでといったけど、途中で脳内出血なのと病名を聞いたときは動転して、受話器をおろしたら足が震え出した。

箱根の外輪山の一つで、足柄峠まで車で三十分で行ける山の住宅の、雑木林を背にした家で、十一月半ばのその時刻なら、外はもう真暗闇になっていただろう。

横浜の主人の会社へ電話をかけて、すぐ帰って来て、家を出たいからといったら、宏雄さんが、今、人と会う約束をしているから、その人と連絡を取ってから電話する、というの。それで出かける用意をしようと思って、子供らも手伝ってくれているうちに、お母さんから電話がかかった。

いきなり「危いんだって」というの。「今すぐ行くからね。しっかりして待っててね」といって、それでまた宏雄さんの会社に電話をかけて、二度目の電話のことを話して、どうしようといった。そうしたら、丁度、電話をかけようと思ったところだった、小田急なんかで行ったら時間がかかる。車で行くから新幹線で来い。その方が早い。新横浜の駅で待っている。会社の車で行く。グレーのマークⅡ《ツー》、といったのかな。どんな車か分らないといけないと思って。

受話器をおいて、

「ああ、どうしよう。どうしよう。おじいちゃんが危いんだって」

と声に出していったら、正夫（上の子）なんかが、

「お母さん、すぐ行きなよ」

といった。——葡萄畑の横の道を歩きながら最初に話してくれたときは、夕御飯を食べかけていた子供が、お母さん、行け！　といったというふうに長女はいい、聞いていた私も子供たちの気魄《きはく》に驚いて、相槌を打つのも忘れたのであった。

「おじいちゃんが危いんだって」と叫んでから、長女は、民夫は連れて行くけど、今日はもう帰れないかも知れないし、とオペラに出て来る人物のように心の中にあることをそのまま声に出すと、子供ら、といっても上の正夫（中学二年）と二番目の竹夫（中学一年）の二人だが、大丈夫だよといってから、

「いま、何したらいい？」

と訊いた。で、正夫に民夫のおむつとありったけの服とシャツを出して、パジャマといつも持って出かけるビニールのさげ袋に詰めて、といい、竹夫には、お母さんの買物袋からお財布を出して、といった。それからみんなに、明日の朝は、とにかくここに残っているものを食べて学校に行きなさい、すぐに葛代《くずしろ》さんに頼んでおくから、といった。三番目の益夫は自分で考えて靴を出したりしていた。

——葛代さんは山の住宅で長女が親しく往き来している仲間の一人で、去年の十月、次男の結婚式が東京新宿の長男の勤めているヒルトンホテルであったときも、披露宴の間、

部屋のベッドに寝かせた末の子を見ていてくれたお蔭で、長女は安心して食卓で中華料理を食べることが出来た。

この方の御主人のお父さんはアメリカに生れ、小さい頃に日本に帰ったが、のちにふたたび米国に渡り、向うの大学を卒業した。今は七十を過ぎておられるが、去年の九月から長女は葛代さんの家へ週に一回、伺って、午前中に一時間、英語の本を一緒に読んで貰っている。テクストは御主人のお父さんが選んでくれる。最初が『トム・ソーヤーの冒険』で、私の発病による病院通いのために暫く中断したけれども、その後が『イソップ』。ただ読んでゆくだけだが、長女の話を聞いてみると、なかなかいい雰囲気のようだ。『イソップ』の、読んだばかりの、狼が仔羊にしつこくいいがかりをつける話を長女から聞かせて貰ったが、面白い。『イソップ』の次はフランス革命の時代を扱ったディケンズの『二都物語』になり、とたんに単語の下調べが大変になった。

その葛代さんに電話をかけて訳を話して、小田原まで車で連れて行って貰うことと、明日の朝、子供らが御飯を食べて学校へ出るまで面倒を見てくれるようにお願いした。葛代さんは小田原へ行く車のなかで、自分の生れ育った伊豆半島の村の近くにリハビリテーションの病院があって、脳卒中で倒れた人がいっぱいいて訓練を受けているけれども、よくなって出て行く人がいるからと慰めてくれた。親戚か誰かに入院した人がいて、何度か見舞いに行ったことがあるのかも知れない。

あとで葛代さんから聞いたんだけど、車のなかで、「まだなんにもしてないのに」とそればかりいってたっていうの。まだなんにも、というのは（と長女は口ごもりながらいった）、親孝行を、というつもりらしいけど。

それで小田原から新幹線に乗って新横浜に着いたら、宏雄さんが改札口の横に来ていてくれた。姿が見えたとき、嬉しかった。はじめて新横浜なんかで下りたから。

「ここから病院までどのくらいかかる」といちばんに訊いた。お母さんから二度目の電話がかかって来てから、もうそのときまでに一時間半くらいたっていたかしら。三十分、といったか、四十分といったか。三、四十分といったような気がする。あとで宏雄さんも、あのときくらい信号が長く感じたことは無かったといっていた。

病院へ着いて、救急の入口の受付で（夜だからそこしか開いていなかった）、救急車で運ばれた庄野ですがといったら、四階へ行って下さいといわれた。四階でエレベーターを出たら、部屋の前の廊下にお母さんたちがいて、みんなで話していた。

「お父さんは、大丈夫？」

「大丈夫。こっち」

とお母さんがいって、重症室の戸をそうっと開けて、うとうとしてられるけど、意識ははっきりしているといったので、はーっ、よかったと思った。

部屋へ入って行ったら、お父さんは鼻に酸素の管を当てて、頭の上に点滴の壜をいくつ

も吊して、手に注射の針がいっぱい刺さっていた。奥の方のベッドに二人ほど寝ていた。お母さんが小さな声で、

「お父さん、和子が来てくれましたよー。民夫も一しょですよー」

といった。目は見えないようだったけど（長女は詳しくその様子を報告しようとしたが、私は止めた）、そばへ寄ると、

「来てくれたんか」

こんなことになってしまったけど、命拾いしたからな、といって、手を強い力で握りしめた。――どっちの手でと私が訊くと、長女は右手でした、といった。

それから、ここのところ忙しくて、とお仕事のことを話された。新年号は小説と長い随筆と二つあって、文學界の小説の方は大体書き上げて、あと読み返して手を入れるだけでいい。もう一つ、新潮の随筆二十枚があって、これは終りの方をもう五、六枚書かないといけない、といったのかな。とにかく、このところ忙しくしていて、その二つを渡さないといけない。こんなところで寝ていられないという口ぶりで、しゃべり通しだった。あとでお医者さんから、本人がしゃべる分には仕方ないけど、こちらから話しかけないようにして下さい、しゃべるのがこの病気の特徴ですというふうにいわれた。（なにいいやがるんだ、いわないといけないことがあるから話しているのにと私はいいたかったが、適切で敏速な処置を取って危い命を救ってくれた御恩のある医師に対してそんないい方をすべき

でないことはいうまでもない）

それで、お仕事のことは忘れてゆっくり寝て下さい。文學界の人にも新潮の人にもちゃんと連絡を取っておきますから、あたまを空っぽにして寝て下さいとお母さんがいい、和子もいった。そばにいるとしゃべるので、そうっと部屋を出た。それでも、しーんとしていると不安で、ときどき様子を見に行った。入って行くと、とろとろとろとろ眠っているようにしていた。

雨ふりの日に書斎で長女から聞いたのはそこまでで、あとは最初、病状が予断を許さないと医者にいわれて沈みがちであったときに励ましてくれた「大部屋の人たち」の思い出に移った。

最初の晩、長女夫婦が駆けつける前、妻は救急病院の医師から脳内出血を起した私が手術を受けるかどうか家族の側で決めるように返答を求められていた。それに対して家族全員が揃ったところで相談をして、手術はしないでこのまま内科的な治療を進めて頂きたいという希望を医師に伝えたのであった。まだ病院に妻と次男の二人だけしかいなかったとき、病院へ運び込まれるなりすぐに撮影したＣＴスキャンによる脳の出血個所の写真を見せられて、医師から次のような話を聞いた。止血剤で出血は止めてあるが、脳にむくみが来ると脳圧が高くなって、脊髄を圧迫して植物人間になる場合がある。脳の切開手術をすればその心配は無くなる。ただ、手術をするには年齢から見てぎりぎりの線で、危険を伴う。御家族の同意があれば手術は早い方がいい。妻は、手術はしてほしくないと思ったが、次男は判断を決め兼ねている様子であった。で、あとの家族が来ますのが八時半ごろになりますので、それまで待って下さいとお願いした。先生は時計を見て、あと一時間半ですねといった。

そのあと、長男夫婦と十月に式を挙げたばかりの、長男と同じ大家さんの向い合せの家作にいる次男の嫁が来、南足柄から末の子をおぶった長女（次男の縁談の世話をしたのはこの長女であった）と主人が来て、これで家族全員が揃った。廊下の椅子のところでこれまでの経過を妻が話し、みんなに考えて貰った。その前に看護婦詰所で改めて内科の先生と脳外科の先生の両方から説明が行われた。内科の先生の方が容態を重いようにいい、出血の個所のレントゲン写真を明りに写し出して説明した脳外科の先生は、予断は許さないといいながらもいくらか希望をもたせてくれるいい方をした。手術はしないで内科的な治療を進めてもらった方がいいのではないかという方に意見が固まった。それには、ここは一般的な病院で、脳外科専門ではなく、説明をした当の脳外科の医師自身、手術にはあまり乗気でないという感触を得たことが判断の材料となった。実際、先生は、手術はお勧めしませんとはっきりいったのであった。

散歩中に長女からその話を聞くまで、私は、まさか植物人間になる場合もあると医師から威されていたとは知らなかったから驚いた。しかし、あとで本を読んで分ったことなのだが、理屈からいえば、あながち唐突ではない。

一、脳内出血を起した患者には（脳梗塞の場合も同様だが）、脳のむくみ（浮腫）が生じ、脳圧が高くなる。

二、外側を固い頭蓋骨で囲まれているから、ふくれ上った脳の行き場が無くて脊髄を圧迫し、ここに損傷を与える。

三、脊髄を傷つけられることによって、交通事故に会った人や運動競技中に首や背骨を痛めた人と同様、植物人間になる。

こういう論法で、決して理由もなしに患者の家族に恐怖を与える発言をしたわけではない。

また、脳の切開手術に踏み切るかどうかを決めるのに、私の年齢から見て手術に耐えられるかどうかという不安を医師が抱いていたと聞いて私が驚くのもおかしい。あと二カ月半ほどで満六十五歳になる。身体は丈夫な方だと思っていても（血圧が高いのは親譲りの体質で致し方ない）、「ぎりぎりの線」だという理由で、手術をするかどうかについてためらった医師に下駄を預けられても仕方のない年齢に達しているのは動かすことの出来ない事実なのである。平たくいえば、私は抵抗力の乏しい一人の年寄りに過ぎなくて、手術の成否に医師が不安を抱いても何ら不思議ではない。病気になるまでは、腕立て伏せを毎日、四十回していましたとか、庭の山もみじの枝につかまってぶら下る競争なら、三十歳代の二人の息子にそれほど引けを取らないし、腹筋の競争（というのは、仰臥のまま両足を揃えて持ち上げて静止させた姿勢をどれだけ続けられるかの持久力比べだが）なら、二人が現役のサッカー選手であった当時から私の敵ではなく、酔余の戯れに私が「腹筋、やろうか」といい出すのを二人は最も嫌がったといったふうなことをかりに私が医師の前で主張してみたところで、かなりの麻酔を必要とする脳の切開手術に耐えられるかどうかという問題とは無関係だといわれるだろうし、そういわれて私が腹を立てたところでどうにもならない。

遠慮なしにいわせて貰えば、どうしてもう少し家族に希望を持たせてくれる説明をしてくれないのか——というのが、そういう「危機」に直面していた夜から既に半年も日にちがたって長女の話を聞いた（杖を手にして葡萄畑の横の道を歩きながら）私の、率直な不満であった。意識不明の状態が続いている患者ならともかく、こちらは少なくとも医師の身上調査ふうな、簡単な質問には答えられるくらいの症状で運び込まれた筈だ。もうちょっといいかたに加減をして、指の一押しで倒れてしまいそうなほどの心労を背負っている家族を少しでも力づけてくれないのだろう。

そういう不満を私が口にすると、末の子をおぶった長女は、いや、お医者さんというのは絶対にそんなことはいわないものよ、もしひとことでも安心させるようなことをいって、結果が悪かったら、あとで責任を問われるから、家族に希望を持たせるようなことは絶対にいわないのといった。それは世の中の常識ですよといわんばかりの長女の口調で、白髪頭の自分がわが子に教えられている恰好なのに気が附いて、私は苦笑いした。考えてみると、南足柄の長女のところでは、つい一、二年前、盲腸炎を起しているのにかかった医者から風邪だといわれ、本人もちっとも痛がらないので風邪の手当を続けているうちに急に苦しみ出した小学生の三男を見て、この苦しみ方はただごとではないと思った主人が「山の住宅」にいる知人が勤めている松田の病院へ車で担ぎ込んだところ、盲腸は既に化膿していて、膿が溜って腹膜炎を起しかけているのが分ったという怖ろしい経験をしている。手術がぎりぎり間に合って幸いに子供の命は取り止めたのだが、そのとき母親として、医者は決して患者の家族を安心させるようなことはいってくれないものだということを身にしみて味わったのかも知れない。

その晩は妻が病院に届けを出してひとりだけ残り、あとの者は長女夫婦の車で生田の家へ帰って、合宿のようにして泊った。救急車で運ばれるとき一緒に積んだかけ布団と毛布が残っていたので、妻は廊下の長椅子で（そこが喫煙所になっていた）布団と毛布をかぶって寝た。患者が手洗いに行くのに引っきりなしに出て来る。横の椅子にちょっと腰かけて行くのがいる。「寒いかい」と声をかけて顔を覗き込むおばあさんがいる。一人の元気そうなおじいさんは、「直るよ。私は心筋梗塞で担ぎ込まれたけど、もうこんなになった」といい、それから、もしひどかったら決してこんなに静かじゃない。ここいらに置いてある機械を動かして病室へ持って行くのに看護婦さんが走りまわっている、こんなもんじゃないよといって励ましてくれた。非常口と書いた青い電気が消えたりついたりしていた。

　そのうち夜が明けた。夜が明けるか明けないかに長女夫婦が末の子と一しょに来た。長女は、お風呂を沸かして来たから、入ってゆっくり休んで、といい、妻と交替した。妻は長女の主人の車で家まで送って貰い、主人はそれから横浜の会社へ車で出勤した。

　二日目は、吉祥寺の駅ビルのレコード店に勤めている次男が会社の帰りに病院に来て、長女と交替した。あとで長女の主人が横浜から来た。病院の外で食事をして来て、末の子も一しょに三人、車で南足柄の自宅へ一昼夜ぶりに帰った。次男は病院へ入る前に買った弁当を食べ、長椅子の上で毛布をかぶって寝た。次の日は次男は休みで一日、病院にいて、晩、勤めの帰りに来た長男と交替した。こんなふうにひとわたり「宿直」がまわったところで、「この一週間」といわれていた「山」も無事に過ぎ、もう泊り込んで頂く必要は無いからといわれて、あとは妻が毎日、病室に詰めていろんな用事をし、南足柄から末の子をおぶって来た長女が妻の手助けをし、相談相手になった。

　しゃべり続けるのがこの病気の特徴で、と医師が話したのが気に喰わなかったように私はいったが、実はその話を散歩の途中、長女から聞いた瞬間、私は方角を誤って（としかいいようが無い）小川にはまり、すぐに救い出された、チャールズ・ラムの年長の友人、うっかり者の詩人で学者のジョージ・ダイアーが医師の指示に従って手当を受けたあと、寝かされた二階のベッドで、小さい子供の時分から今日にいたるまで七十年近い半生の間に何度も危い目に会いながら助かった思い出を次から次へとしゃべり出して止まらなくなったくだりを——というのは病気になるつい数年前まで親しい心持で書き綴っていた『エリア随筆』の作者ラムとその姉メアリイの生涯の回想のなかのそれはひとこまであったからだが——思い浮べて、状況は全く違っているけれども、大事に会ってどうやら危険は免れたらしいと分った人間が、一種の興奮状態に陥って次から次へとしゃべり続けるという点で似通っていることを発見したのであった。

ラムはこの年長の友人の危難を「友人蘇生」という Amicus Redivivus なるラテン語の題名の一篇の随筆に仕立てて（例によってエリア一流の虚実取り混ぜた書き方であるが）ロンドン雑誌に発表し、のちに『エリア随筆後集』に収めていて、福原麟太郎さんの『チャールズ・ラム伝』のなかにも力作として取り上げられている。では、そのダイアー先生「水難」がいったいどんな具合に起ったのかを、かいつまんでお伝えしたい。

ラム姉弟は長年、自分たちの生れ在所ともいうべきロンドンはテムズの岸の、法学者たち、法学者を志す人たちが集まる法学院テムプルの地内に住み、何かの事情でここを出てもすぐにまた舞い戻っていたのに、ドルアリー・レーン座とコヴェント・ガーデン座が二つの窓から見える盛り場の金物屋の二階の家に何年か暮したあと、郊外のイズリントンのコールブルック・ロウに一戸建ての広い庭のある家を借りて引越した。ダイアー先生の「水難」は、この家の前で起った。

晩秋初冬の或る日曜日の朝、ダイアーはラムの新居を訪問した。ダイアー先生はふだんから古い二つの大学、オックスフォードとケイムブリッジ両大学の学寮の図書館に通って、埃の積った古文書をあれこれ開いては、調べごとをし、自身、そんな虫の食った本の一冊になったかのように時間を過すのが生き甲斐でもあり、大きな慰みでもあるという変った人物だが、そんな浮世離れのした生活をしている一方、人恋しくなると、ときたま散歩に出た先で誰か知人の家を訪問する癖がある。あるときなどは、たまたま訪ねて行った先の友人が田舎の家へ出かけて来週のその日にならないと帰らないと、留守の召使から聞かされてがっかりし、ペンとインクを求めて来客簿に自分の名前を書き入れて辞去しておきながら、二、三時間、散歩を続けるうちに、またその近所へ戻って来て、夫人や美しいお嬢さんのいる友の家の炉辺の団欒の様子が心に浮ぶとたまらなくなり、ふたたびその家の戸口に立ち、不在と聞いてまたもがっかりし、持ち出された帳面の、自分の名を書き入れようとする欄の真上に、一回目の署名がインクの跡もやっと乾くか乾かない状態でこちらを見ているのに気附いてはっとする——というような失敗をしている。

ラムは貧乏暮しをしながら詩歌学問に対する情熱を失わないこの奇人ジョージ・ダイアーが好きであった。クライスツ・ホスピタル校の大先輩で、年は二十も離れているのだが、知り合ったのは、姉のメアリイが狂気の発作から母を裁縫鋏で刺して死なせるという痛ましい家庭の悲劇に見舞われて三年たったラム二十四歳のまだ年若い頃からであり、うまが合ったというのか、君子の交りはその後も跡切れることなく、ダイアーはラムの身辺がいちばん賑やかであった頃の来客日の水曜日の客《ウエンズデー・メン》の常連の一人となっていた。

さて、ラム姉弟がイズリントンへ越して行った一八二三年の秋、二人がどんなふうに新しい環境に馴染みつつあるか、ひとつ様子を見ましょうと訪ねて行った。そろそろ僕は失敬しなくてはと席を立ったダイアーは、玄関で自分の携えて来た杖を取ると家の外へ出た。ダイアー先生愛用の杖はどんな杖か気になる。エリアはCaneとStickのいずれを用いているかとその個所を見ると、

With staff in hand.

と書かれてある。

スティックと同じ意味でスタッフという単語があるのを教わった。年を取っている上にひどい近視のダイアー先生のことだから、この杖はお洒落のためのものでなく、私が退院後、戸外の散歩に手放したことのない、路上でちょっと小休止するときなど身体を支えるのに重宝な鉤型の握りの附いた杖だろうか。そう思いたいところだが、意外やそれはロン

ドンの伊達男がついて歩くような、握りのふくらみに銀をかぶせた、細身の、ちょいと洒落たステッキであったかも知れない。

さて、杖を手にしたダイアーは、入って来た通りに出て行くなら、玄関を出るとすぐ右の小道へ曲るべきところ、おもむろに真直に門の前を流れる小川へと歩を運び、たちまち水中に姿が消えた。この小川というのは天然の川ではなく、ケイムブリッジを流れるカム川、オックスフォードのアイシス川、また前章、『トム・ブラウンの学校生活』のトム少年が禁を冒して夜間、うぐいを釣り上げて地主の番人に捕まり、校長先生に引き渡されるところを紹介した、ラグビー校のそばを流れるエイヴォン川などと違って、「新川《ニュー・リバー》」と趣の無い名前でいつまでも呼ばれる人工の川なのである。岸から自然の勾配がついて深くなっている川ではなく、はまったらとたんに背が立たなくなる掘割のような流れであったと想像したい。もっとも、給費学校のクライスツ・ホスピタル校時代のラムが、夏の一日を「水泳旅行」という名目で態よく寮から追い出され、食べる物も無く、腹ぺこで川に飛び込んで泳いでは野原で身体を乾かし、夕方になるのを待ち兼ねて、くたくたになって一かけらの食物にありつこうとして寮へ帰って来たあの情ない川遊びの川こそ、遠くハーフォード州の谷間を水源としてロンドンまで掘り抜かれたこの「新川《ニュー・リバー》」なのであった。だから流れる場所によっては、その景色も天然の川と異なるところはなかったのかも知れない。「友人蘇生」の中では、エリア（つまり、ラム）は、目の前で突然川へ入って行ったダイアーを見て、肝をつぶし、無我夢中で駆け出したことになっている。たそがれ時ならばどんなにか怖ろしい光景であったに違いない。まさに日は中天にかかろうという真昼であった。

先ず水のなかから「銀色の亡霊」さながら白髪頭が浮び上った。そのそばに杖が突き出されて（振りまわす手は見えずに）空を指している。次の瞬間、エリアは溺れかかった友を肩に担ぎ上げて岸へ上った。瘦せて小柄なラムがそんな目覚ましい働きをしたのだから驚く。ダイアー先生が大兵肥満の人でなくてよかった。と、小川の岸べを歩いていた通行人が押しかけて来た。肝腎の救助の役に立つにはちと遅かったのは残念だが、連中は口々に手当をどうしたらいいといい出す。塩を全身に塗りつけるのがいいとか、いや、塗らない方がいいとか、うるさい。中に頭のいいのがいて、すぐに医者を呼べという。で、エリアはその勧告に従った。

やって来たのが、左の眼の無い「片目先生」（どさくさで本名をお訊きするのを忘れたのは申し訳ない）だ。大学で教えるとか、学位論文を発表するとかいったことにはお構いなしの町医者で、それも水難に会った患者専門の医者という風変りな先生である。どこかで水に落ち込んだ者は出ないかと、「新川」が大貯水池に流れ入る手前のところにある、足場のいい川岸の旗亭ミドルトン・ヘッドの物見の台で昼となく夜となく見張りを続け、聞き耳を立てている。長年の経験から、今の「どぶん」はうっかり水に落ちた「どぶん」

か、わざと飛び込んだ（つまり、身投げの）「どぶん」か、水音を聞いただけで分るというから大したものだ。

家の中へ迎え入れたこの先生の指示は、温くした毛布で身体を包んで、たっぷりこすり上げておいてから、これ以上熱くては我慢できないくらい熱くした湯で割ったコニャックをコップに一、二杯飲ませなさい、というのであった。もし患者が尻込みするようなら我輩がお毒見をして上げましょうという。この医者がミドルトン・ヘッドの旗亭を根城にしているのは、貯水池や川にはまった人間を発見しやすいというほかに、この重要な処方の薬、コニャックがどこよりも手に入りよいからであったと、エリアはまことしやかに説明している。ところで、この旗亭のミドルトン・ヘッドという名前は、「新川」掘り抜き工事の指揮をした功労により勲爵士の称号を与えられたロンドンの金工サー・ヒュウ・ミドルトンの名から取ったものと思われる。ミドルトンのことは私は平《ひら》田《た》禿木《とくぼく》がご自分の訳した『エリア随筆後集』（昭和四年）に附けた巻末の註によって教わった。水道掘り抜き工事の指揮をしたのが、ロンドンの金工、金細工師というのが何だか面白い。

ダイアー先生がうわごとのようにしゃべり出したのは、応急手当が済んで、いつもはラムが寝ている二階のベッドに寝かされてからのことである。子供のころ、乳母の不注意で何度か危い目に会った。ここはダイアーの話そのものが断片的であったらしく、その「危い目」の様子が詳しく分らないのだが、どうやら凍えるような夜に冷たい手桶の水をかぶりかけたり、煮えたぎった薬罐の湯を浴びかけたこともあるらしい。それからいたずら盛りの学校の生徒のころに、友達と果樹園へ入り込んでふざけているうちに、仲間の仕掛けた小枝のむちがはね返って、もう少しで顔を一撃するところであったとか、多分、もっと大きくなってから学生の頃に（ダイアーはケイムブリッジのエマニュエル学寮の卒業生である）、ケイムブリッジに近いトラムピントンの村を歩いていたとき、屋根瓦が空から降って来て、一足違いで頭に命中するところであったとか、今度は戸外でなく、ケイムブリッジ大学ペムブルック学寮（といえば昭和五年、英国留学中の福原麟太郎さんがトマス・グレイの草稿研究のために通った学寮であるから、われわれとは縁がある）で読書に熱中していたら、本棚の高いところにあった、屋根瓦なんかよりずっと重い本が落ちて来たことがある――というのだ。それにしてもいかにダイアー先生がぼんやり道を歩いていたり、あるいは書物に読み耽っていたにせよ、どうしてこんなに頭の上から狙ったように物が落ちて来るのだろう。

それからしつこい不眠症がある。貧乏のことを考え、また貧乏の心配をしているうちにそうなった。しまいに頭の血管がはげしく脈を打ち出す。とても眠るどころじゃない。そんな話をしゃべり通しにしゃべった挙句、子供の頃に歌ったきり忘れていた讃美歌のいくつかをベッドの上で歌い出したものだ。「銀色の亡霊」さながら水面に現れたダイアー先生の白髪頭は、メアリイのまめまめしい介抱により、乾いたタオルでこすり上げられて、今は針ねずみよろしく一本一本空を指していただろう。湯割りのコニャックが効いて、生気を取り戻した顔は、とてもいい色になっていただろう。そんなお人が物につかれたように昔の思い出を口走り、しまいには幼児のころ歌わされた讃美歌をそれもとぎれとぎれに歌い出すのだから、見守っている者はどんな気がしただろう。笑ってはいけない場面だが、ふき出したくもなったのではないか。少々無気味でもあったろう。ダイアーは「クリスタル・スプリング」より強い飲料はついぞ口にしたことのないお方だ。「クリスタル・スプリング」とは何だろう。シャムパンの代用にする、泡の立つアルコール飲料だろうか。それとも林檎酒のようなものだろうか。そんな人が湯で割ったとはいえコニャックをコップに一、二杯も飲まされたから効くだろう。これは風邪の予防薬でもあった。先ず第一に風邪をひく心配がある。一九二九年夏、英国に着いた福原さんがロンドン近郊ゴールダーズ・グリーンの下宿に落着いたとき、宿の主人に冬はいつ来るのかと尋ねたら、九月からあといつからでも冬になると答え、冬外套をこしらえる時期を既に失していることに気附いた福原さんを慌てさせたという。

「友人蘇生」が載ったのはロンドン雑誌一八二三年の十二月号であり、ダイアーが川にはまったのはその年の十月か十一月、おそらく十一月らしい。十一月だとすれば、ロンドンはもう立派な冬ということになる。風邪をひいて肺炎でも起せば、七十近いお年のダイアー先生は危い。——この年、ラムは四十八歳だから、二十年上のダイアーは、発病入院したときの私より四つ年上の六十八歳になる勘定である。せっかく水死の一歩手前で救けられながら（いきなり冷たい水に落ち込んで心臓が停らなかっただけでも幸運と思わなくてはいけない）、死神の手で襟首を摑まえられて、あの世へまたも連れ戻されるところであった。ここは酔っ払おうとどうしようと、風邪から肺炎を起さないためにコニャックの湯割りはどうでも飲み干してもらわなくてはならない。

たまたまこの騒ぎの最中にイズリントンのラム宅を訪問した若い友人のプロクターという人がいて（これもラムの来客日の常連の一人で、バリー・コーンウォールなる筆名で詩を書く弁護士で、ラムに気に入られていた）、ダイアー先生の様子を書きとめている。それによると、タオルでこすり上げられた髪が鉄灰色の針のように突っ立っていて（「銀色の亡霊」の正体だ）、プロクターを見るなり笑い出して、

「僕は自分がどこにいるか、すぐに気が附いたよ」

と叫んだ。

歩く道がちゃんとあるのにまともに川へ進んで行っておいて、どこにいるかすぐに気が附いたよとは何たるいい草だといいたくもなるところだが、プロクターによると、あとはもうご自分の世界をひとりさまようばかり、誰もついては行けなかったという。

福原さんは『チャールズ・ラム伝』の中でこの「友人蘇生」の紹介をしたとき、ダイアー入水の物語で一つ非常に好きな一節があったことを覚えていて、それはダイアーが濡れ

た靴の心配をして、日向に出しちゃいかん、陰乾しにしなければひび割れると、半死半生の口で注意したという挿話であったが、この随筆にはそれが出ていない。手紙を調べてみれば判るかと思って探してみたが見つからないとおっしゃっている。

なるほど福原さんが好まれるのも無理はない、いい挿話で、それをいい出したのがうっかり者の、浮世離れのしたダイアー先生であるだけに生きて来る（そうしてまたダイアー先生にぴったりの）挿話なのだが、このプロクターが聞いて書きとめてくれていたらまことに好都合なのだが（私も探してみたのです）、ここには出て来ない。福原さんの創作、ということにすれば、ラムでさえ思いつかなかった、エリアの物語にふさわしい愉快な挿話を生み出されたということになり、めでたしめでたしでうまく納まりがつく。

なお、クラッブ・ロビンソンといって文士との交遊をこまめに日記に書き残した人物がいるが、ラム研究家のエインジャーがそのロビンソンの日記から抜き出したものによると、ダイアーは貧しい暮しを続けながら八十五歳まで長生きしたが、晩年に友人の勧めに従って洗濯女と結婚した。ダイアーがいつかロビンソンに、

「ダイアー夫人は生れながらのすぐれた感覚を持った婦人です。でも、読み書きは出来ません」

と語った。彼女は本当に読むことも書くことも出来なかったとロビンソンは書いていて、それがまた「新川」にはまった詩人学者のダイアーの結婚らしくて不思議な気持にさ

せられること。また溺れかかったダイアーを救け出したラムが五十九歳の年の暮に、散歩中に石に躓いて転んで顔に受けた傷がもとで丹毒にかかり、呆気なく死んだのに、ダイアーは八十五歳まで長生きしたわけだから、あの世でダイアー先生の到来を迎えたのは二十年下のラムであったのも、この二人の交友にふさわしい気がすることを附加えておきたい。

長女の話によると、入院した日の晩、南足柄から小田原、新横浜をまわって主人の運転する車で溝の口の救急病院へ駆けつけた長女に対して、重症室のベッドに寝かされた私は、

「こんなことになってしまったけど、命拾いしたからな」

といったらしい。内科の医師は植物人間になる怖れがあるといい、意識が今ははっきりしているけれども、これからだんだん薄れて行って、最低のぎりぎりのところで止ってくれればよいが、そこから先へ進むと危い、ここ一週間くらいが山だという意味のことを話して、少しも楽観できる容態ではないと強調した。しかるに当の私は、医師がそんなふうに重く見ているにも拘らず、「命拾いしたからな」と、危機を通り過ぎたのが既定の事実であるかのようないい方をした。

長女の話した通りだとすれば、どうして私はそんなふうにひとり決めしたのだろう。そのところがよく分らない。ダイアー先生なら小川にはまりながら間髪おかずに救い出さ

れて、医者の指示した手当を済ませて、ベッドに寝かされているのだから、溺れ死にしたかも知れない身が危難を免れて、もはや安全な場所にやすらっているのは、誰の目にも明らかだから、危いところを助かったという安心の反動があり、コニャックの酔いも手伝って興奮状態に陥り、うわごとのようにしゃべり続けたのは無理もなかったとしよう。私の場合は違っている。いったい何を根拠にして「命拾いした」と過去形で語ったのだろう。

私の発病の知らせを聞いて肝をつぶして南足柄から来たに違いない娘をねぎらうつもりで、こんな風に——そばに担当医師がいたら苦笑いしてひとこと異議をとなえたかも知れない口のきき方をしたのだろうか。それもあるだろう。だが、本能というべきものによって、自分の病状を大づかみに摑んでいたのではないだろうか。脳内出血に襲われた。これはかかった人が先ず死ぬことを覚悟しなくてはいけない重い病気だ。だが、助かる人も中にはいる。その一撃をまともに受けはしたけれども、自分は死を免れたようだ。やられはしたが、完全にやられてしまったわけではない。現に今、こうして南足柄から末の子をおぶって駆けつけた長女に会って話が出来るのだから——そう考えたのだろうか。

発病の最初から——私は家の者が救急車を呼んだことに対して、そんなものは要らない、お礼とお詫びをいって帰って頂くようにといっていた。私はズボンのポケットの「黒の財布」を引張り出して、そこからお金を出して、救急車の消防署員の方に煙草銭を差し上げるようにと指示したのを覚えている。妻は無論それを無視したのだが。

ついでに長女の話に出て来た、片方の靴が履けなくなっているのにそのまま私が外へ出て行こうとしたというくだり（そもそもの始まりである）を簡単にお話ししておこう。

午後から冷たい風が吹きまくっていた。いやな天気だなという気持があって、散歩に出かけるのをぐずぐず遅らせていた。ひょっとすると、「いやな天気だな」と外へ出るのをしぶっていたその頃から既に私の脳のなか（頭の右側の前の方の部分であった）で僅かながら出血の前ぶれが始まっていたというふうに考えられる。幸いなことにいきなり血管が大きく破れて、どっと血が溢れ出したのではなかったようだ。

外が暗くなって、もうこれ以上遅らせるわけにゆかなくなって、やっと立ち上った。玄関へ出て、いつも散歩のときに履くやわらかい黄色の皮の靴を履いた。立ったまま爪先を靴の中へ突込んで、二、三度、たたきの上で靴の底を蹴るようにした。上りかまちに腰を下して靴に足を入れるというふうにしなかった。そんな大ざっぱで乱暴なはき方でいつも間に合っている、ズック靴に近い皮靴であった。

ところが、右の方はうまくはまったのに、左の方がはまらない。私が子供のけんけん遊びのような恰好で左足のうまく入っていない方をたたきに蹴りつけているところへ妻が送りに出て来た。と、不意に真剣な顔で、そのまま自分の肩につかまるようにといった。家の中へ戻って下さいというのである。

語気に押されて、私はいうがままにはまっていた右の足も靴から抜いて、妻の両肩のあたりへ（すがるようにして）手をかけた。そうして家の中へ逆戻りする恰好で部屋へ連れ戻され、暗くなったので既に取ってあった寝床の上に寝かされた。

すぐに妻は山の下の借家にいる次男に電話をかけて、お父さんの様子がおかしいから来て、といった。一月前に結婚して、長男と同じ大家さんの、向い合せの借家で世帯を持つようになった次男だが、もと自分が寝起きしていた部屋から運び出さないといけない荷物が残っていた。たまたまその日は休日で、午後から何回か山の上と下の家の間を往復して荷物を運んでいた。すぐに次男が来て、妻の指示に従って消防署へ電話をかけた。たちまち救急車のサイレンが近づいて来て、家の前に停った。私が救急車の人に謝まって引取って頂くようにとだだをこねているうちに車が到着してしまったのである。

笑うべきことであるかも知れないが、そんなふうにそもそも「発病」の始まりの段階から、私は一方的に私をさらって行こうとする何者かに対してかたくなにはねつける姿勢を取っていた。もっとも、救急車が来てしまっては私も観念して、それ以上無理はいわず、おとなしくいわれるがままになって救急車に担ぎ込まれた。

三十年来、私と家族の者を診て下さっている町医者のH先生がいる。病院に着いた晩、妻が一番に電話をかけて入院までの経過を報告に及んだところ、「最善の処置でした」といわれた。私は重症室のベッドで妻の口からその話を聞いたのを記憶している。考えてみると、妻が外へ歩きに出ようとする私を玄関で止めていなかったとすれば、ひどいことになっていたに違いない。私は（妻のいうところによると）既に脳内出血に伴う発作を起していた。右の足は靴を履いたのに左の方だけうまく靴のなかへ足がはまらなかったというのは、既に左半身に麻痺が起って左足首の動きが思い通りにならなくなっていたことを意味する。また、私の話す声は聞き取り難くなっており、顔の筋肉にも異常が認められ、引きつったようになっていたという。そんな身体で外へ出て行ったら、どうなる？　先ず玄関の外に大谷石の石段がある。いつもの散歩のときと同じつもりでいたなら、多分、私はそこを駆け下りようとしただろう。左足が麻痺しているのに気附かずにそうすれば、いきなり八段あるその石段を踏み外して頭から転げ落ちたのではないか。

かりに最初の難所を私が切り抜けて外へ出られたとしよう。家の前は駅の方へ行くにも子供らのいる借家のある南の盆地の方へ行くにしても、どちらも坂道である。散歩に出るのが遅れて外はもう真暗になっている。そこへ北風が吹いているので、走るのに近い速さで私は歩き出したに違いない、自分の身体に異状事態が起っているとは全く気が附かないままで。――ふだん私は走ることをしない。生田ではどこへ向って歩き出しても絶えず出会う上り勾配の道を爪先に力を入れて、足を踏みしめて歩くのが好きだからだが、この日のように時間が遅く、しかもいやな北風が吹き荒れていて、少しでも早く散歩を済ませてしまいたいという気持でいるときは別だ。知らず知らず駆足になっていただろう。

たちまち私は暗い坂道の途中でつんのめる恰好で倒れて、悪くすると、その拍子に手足を骨折して、身動き出来なくなるということが考えられる。そうして、そのとき、もし頭を打ちでもすれば、既に始まっていた脳の内部の出血をさらに大きいものにしていたかも知れない。私は救けを呼ぼうにも呼べなくて、路上に倒れたまま、何が起ったのかも分らず呆然として空の星を（もし頭の上に雲間から星が現れていたとすれば）見つめるよりほかなかった自分を想像してみるのである。いずれにせよ、妻が私を止めず、あのまま発作の起っている身体で外へ飛び出していたら、事態は一層悪いものとなり、私は結局、救急病院へ運び込まれたにしても、もっと遅く、もっと厄介な状態で検査と処置を受けなくてはならなかったであろう。脳の出血の個所とその程度を知るために一刻も早くCTスキャンのレントゲン撮影をしなければならないのに、それより前に私が石段か坂道の途中で転倒したために受けた外傷の手当の方を急がなくてはいけないという面倒なことになったかも知れない。

退院して家に戻ると、早速、私はリハビリテーションのための散歩を始めたが、その夕方、履いて出ようとしていた黄色の皮の靴に足を入れる度に、よく左足がうまくはまらなかったものだ、あれが運の分れ目であったと思わずにはいられなかった。脳内出血の発作を起していたために左足の麻痺が靴を履けなくしていたのだが、私はそんなことは知らない。左足も右足と同様、靴のなかにはまるべきところを、左足だけうまくゆかずに手こずっていたのが、玄関へ送りに出て来た妻の目に運良く止った。そうして靴が履けないのにそのまま外へ出て行こうとしていると映った。たとえ左の足首の機能が正常でなくなっていたにしても、ズック靴に近いような、やわらかい皮靴のことだから、最初の一回で全部入らなくても、子供のけんけん遊びのようにたたきの上で靴の底を蹴っているうちに足がはまっていたかも知れないのだ。よくぞどこかで引っかかってまるごと足が入らないままで持ちこたえていてくれたものだ。足が入りさえすれば、そこに留まっている理由は無いから、扉を開けてさっさと外へ飛び出して行っただろう。

そんなふうに考えながら履き馴れた自分の靴をつくづくと見た。

「この靴の片方が自分を救ってくれた……」

物事の順序、論理を無視しているのは承知の上で、私は今は踵を滑り込ませる部分の形が崩れかかっている左の靴を感謝の思いをもって見つめるのであった。

大部屋の人たち

あと二月したら私の発病入院した日から丁度まる一年になるという九月半ばの、曇り日で雨も少し落ちて来ている日に、南足柄から末の子をおぶって来た長女から溝の口の救急病院へ担ぎ込まれた最初のころ、沈みがちな家族に励ましの言葉をかけてくれた大部屋の人たちの思い出を話して貰ってノートに書き取った。

長女のはなし。入院した翌朝のこと。病院にはじめて泊ったお母さんと交替して、喫煙所になっている廊下のコーナーの長椅子にひとりで腰かけていたら、最初に話しかけて来たのが川崎市の森林公園の管理人をしている人だった。

（第一日の夜、妻が長椅子で寝ているところへ手洗いに行った帰りに話しかけて元気づけてくれた人がいたことは前にいったが、その中の元気そうなおじいさんというのが、この森林公園の管理人をしている人であることが分った。つまり、母子ともに最初に心配を取り除いてくれる言葉をこの人からかけられたわけだ）
その人は途中で割合に早く退院した。廊下のコーナーの長椅子のすぐ前が八人部屋で、その隣りがお父さんがいた重症室で、その隣りが看護婦詰所、ナース・ステーションと呼ばれる部屋になっていた。その八人部屋の患者の世話を取り仕切っている中心人物がこの森林公園の人だった。その人が、とにかく、そんなに心配することはないっていってくれた。
いろいろ理由があって、第一に、お父さんが入院したとき、家族が大騒ぎしている割に（本人は）軽症だとみんなで話していたという。病室へ入って来たとき、お父さんは片方の足の膝を立てていたっていうの。CTスキャンの撮影を終って車附きベッドの上に寝かされたまま連れて来られたんだと思うけど。とにかく、片足立てて入って来た。悪かったらそんな恰好で入って来ない。膝なんか立てるどころではない。毛布の下でダラーンと伸ばしたきりになってしまうということらしい。それをしきりにいっていた。だから外野席が賑やかな割に本人は軽症だなとみんなで話していたっていうの。
第二。それに悪いときは看護婦が歩いてなんかいない。パタパタパタパタ走る。長椅子の横にカバーをかけた機械が三台くらい置いてあった。下にワゴン附けて。これが全部部屋（重症室）に運び込まれる。ほら、ここにちゃんと置いてあるじゃないか。

――ここで長女は、それが二日目の午前であることをもう一度、私に念を押して話を続けた。

本当に悪かったら、置いてない。ほら、看護婦がのんびり歩いてるだろう。悪いときは、パタパタパタパタ走りまわるよ。

第三。お父さん意識があるっていうのは、そりゃ大したものだというの。同室の（八人部屋の）ニムラさんという人、七十くらいの人だけど、脳出血で倒れて、この病院に入って来て、一週間、意識不明だった。二カ月目になっても身体が動かない。こんなことしてたら一生、身体動かなくなると思って、個室から八人部屋へ移して貰って、歩く稽古を始めた。

先ず一歩から始めて、何日も一歩。一歩が出来たら、二歩。何日も何日も二歩をやる。そうしたら、五歩くらいまで行くようになって（それまで大分かかった）、やがて部屋のまわりを歩けるようになった。嬉しくて歩き過ぎて熱を出した。また一歩も歩けなくなった。

――杖は使ってと私が質問したのに対し、もちろん杖は使っていた、一本杖、と長女はいった。四本足の杖じゃないということらしい。

それでこの人、今度は慎重にまた一歩から始め、やり直しをした。今では自分で階段を上って屋上へ行って歩いて来る。この人の場合、やっぱり同室の人がうんと励ましたんだって。ほら、出来るじゃないかと、みんなで励まして歩かせた。その人自身、物凄い努力家で、とにかく意志の強い人だった。

だから、お宅のお父さんも勿論助かるし、歩けるようになるといってくれた。こちらは助かるかどうか、助かるにしても動けるようになるのだろうかと思っていたから、森林公園の人が、勿論助かるし、歩けるようになるってそういってくれたとき、気持が明るくなった。本当にそうなってくれたらと思った。

重症室の隣りが八人部屋。だから何カ月もいると、助かる人と駄目な人と分る。可哀そうだけど駄目だなあと思っていたら、気の毒に出て行く。経験で分る。お宅のお父さんは軽い。直るよ。軽い軽い。もっとひどい人が直ってる。意識があるなんて上等だっていうの。杖なしでもどんどん歩けるようになるよって。（そこで長女は、本当にその通りになったといった）やっぱり歩くためには個室に入れておいたら駄目だね。みんなでワイワイいって歩かせちゃうんだといっていた。

そんな話をしているところへ、当のニムラさんが杖を持って部屋から出て来て、階段を上って屋上へ行く。ほらね。あの人、何回も屋上へ行くんだよ、日に何回も。エレベーターには乗らないで階段を歩いて上るんだ。今から思えば、さっさと歩くのでなくて、少し足を引きずるような歩き方だったけど、そのうしろ姿の羨ましかったこと。

ここで、

「ちょっと話が飛ぶけど」

と長女はいって、屋上のはなしをした。

「ミサヲちゃんやあつ子ちゃん（というのは、次男の嫁と長男の嫁のことだが）が来たら、よく一階の売店でアイスクリームを買って一しょに屋上へ行くの」

その屋上がいい。病院のまわりは溝の口の町のごたごたしたところだけど、屋上へ上ると遠くに生田の方の山が見える。丹沢も見える。洗濯物がいつもいっぱい吊してある。そこを看護婦さんが車椅子の患者を散歩させていたりする。ニムラさんみたいに杖をついて歩く練習をしている人がいる。直りかけた人しか上らないから、本当に、屋上は健康な人の雰囲気があった。ところどころにベンチが置いてあって。重い鉄の扉を開けて屋上へ出たら、健康な人の世界がある。だからもうほっとするの。お母さんと、早くお父さんもここへ来られるようになったらいいねといった。反対に病室へ入るときは、心配のかたまりのところへ帰るわけね。お父さんは点滴にかこまれて寝ているし。だから、屋上へ出られるようになったら、もうこっちのもんだという気持だった。あつ子ちゃんがよく弁当を作って来てくれた。それをいつも屋上で、遠くの山並が見えるベンチのところに坐って食べた。また、ミサヲちゃん、あつ子ちゃんと一しょのときもそうやってベンチを並べてアイスクリームを食べたりした。

次に長女は、森林公園の管理人をしていた人と一しょに、心配ないといって力づけてくれた二番目の人の話に移った。

森林公園の管理人をしていた人は、その前は消防署に勤めていて、停年になって森林公園の方へ移った。この人は心筋梗塞になって入院したんだけど、全然悪いところは無いみたいで。だから陽気なの。それまで病気知らずで、お酒は好きだし、食欲もあるし。ところが或る日、不意に気を失って、気が附いたら病院にいたの。胸が痛みもどうもしなかったんだって。だから、オレ、死ぬなら心臓がいい、あんな楽なことはないというの。それが今は健康な人と変りはない。痛いところはないし、元気だし。それでほかの患者の世話を焼きまくっていた。人が好くって。

その森林公園の人と一しょにみんなの世話をしていたのが、喘息で二年入院している林さん。この人も森林公園の人と同じで、いったいどこが悪いかと思うような人。病院にいたら何ともない。それが一歩外へ出て、外の空気を吸うと喘息の発作が起きる。病院にいる限り何ともない。根を生やしてそこで生活しているという感じ。よくあんなになるなあと思う。(長女はすっかり感心したようにいった)自分の家みたいに身のまわりを清潔にしている。毎朝、新聞紙を濡らしたのを床に撒いて掃き掃除をする。だから、どの部屋よりもきれいにしている。一度、溲瓶を持って手洗いへ捨てに行ったら、林さんがいて、そこへ捨てちゃいけない、捨てるのはここで、洗うのはここで、洗ったのはここへ掛けておくんだよと教えてくれた。

この人はいつも廊下の長椅子に坐って細工物をしている。点滴のビニールの管の切落しを拾って集めて来て、看護婦さんから貰って、管の中へ手芸に使う赤い紐を通して犬とかお人形を作る。ほかの動物も手がけるが、犬が多かった。可愛い、小さいのを編んで、財布なんかに吊すマスコットを作る。小指の半分くらいの大きさのもの。一回、きりんを作ったけど、これは研究中で未完成といっていた。部屋にいる人の枕もとに、みんな吊してある。見舞客に上げる。私が貰ったのはピンクの犬。小さな、小さな犬。編み上げると、最後にマジック・ペンで目と鼻を描き入れる。それでとても可愛くなる。看護婦さんのバザーに出品した。百近いくらい数を出したら、あっという間に売れてしまって。値段も安いものにしたんだと思う。とにかく、まめで器用な人なの。

エレベーターでワゴンに載った食事が上って来る。ほら、出番だよと林さんと森林公園の人がいって、二人で端の部屋から順番に全部ベッドまで食事を運んで上げる。元気で自分で取りに来る人もいるんだけど、大方そうやって看護婦さんのする仕事を二人でやって上げていた。

この人、いつもたて縞のパジャマを着ているの。それが夕方になると、服に着替えて、「ちょっと行って来ますよ」と病院の外へ出かけては、白菜の漬物なんか買って帰って来る。許可はおりていた。本当に根を生やしたように病院の生活を楽しんでいる風だった。

林さんの道楽の点滴の管を用いた細工物の話が出たついでに、前に「杖」の章でちょっと触れた、溝の口の病院にいるとき、一度、夜中に私がベッドから下りて歩き出そうとして大失敗をしたというその出来事を書いておきたい。点滴と関係のある話なので。

前にいったように、溝の口の救急病院にいた二週間余りの間の私の記憶は、薄暗がりのなかに沈んだようにはっきりしていない。あまりあからさまに思い出したくないという気持がそこにいく分働いているせいもあるかも知れない。いろいろとんちんかんなことをしているが、夜中にベッドを離れて歩き出そうとしたのはその代表であろうか。脳内出血の起ったのが頭の右側の前の方で、そのため左半身に麻痺が生じた。それがどの程度ひどかったかというのはよく分らないのだが、歩行に関しては誰かに肩を支えて貰わなければ歩けない身体になっていたのは確かであった。そうして、ベッドに寝たきりになっているのだから、そのことは自分でも承知していたに違いない。

左手の指が自由に使えなくなっていて（手首の動きもそうだが）、放っておくと回復が長びくことを心配した妻が、病院へ来たときと帰る前に左手の指を一本ずつ握って反らしたり揉んだりしていたことは前にいったが、長男は自分の考えでゴムまりを持って来て、ベッドの離れたところから私の前へまりを投げ、左手を突き出して、掌をゴムまりに当てさせる練習をした。飛んで来たゴムまりを片手で受けとめて摑むのは、健康な人の場合でもやさしくない（両手で取るのなら話は別だが）。

ましてこちらはまだベッドの上に起き上ることも出来ず、横になって寝たままの姿勢である。とてもそんな器用な真似は出来ない。それでも、長男がぽいと投げるゴムまりを摑むのは無理として、まりの来る方へ咄嗟に左手を伸ばして、五本の指を出来るだけ開いて、その指の間へまりを当てようと努力する。うまく当ってもゴムまりは跳ね返って床に転がるだけだが、少なくとも開いた指のどこかがまりに触れるだけで「合格」。反射神経を鍛えるトレーニングにもなるわけだ。長男は床に転がったまりを拾って、また投げ返す。それでもこちらが素早く反応を起してゴムまりを受けとめるかたちになりさえすれば、「うまい」とか「いいよ、その調子」とかいって喜ぶ。長男がそういえば、弾みがついた。

このゴムまりキャッチ・ボールはどのくらい続いただろうか。今度は次男が、嫁さんのこしらえた伸び縮みのする布の輪を持って来た。輪投げの輪のようなものだが、ゴム紐を芯にして上から布をかぶせて縫ってあるらしい。これを左手で握って、指で押える運動をしているだけで、指先の機能回復のためのトレーニングに役立つから、遊び道具にして下さい――というのであった。

ゴムまりの捕球練習に比べると、こちらは派手な動作を伴わない、静かで地味なものだが、有難く頂戴して、私は伸び縮みのする布の輪にできるだけさわるようにした。

こんなふうにして家族の発案による訓練を少しずつ始めてはいたが、それはすべて左手のもので、左足については何もそんな計画は無かった。救急病院だから仕方ないところもあるのだが、病院の側から患者に特別にリハビリテーションの訓練というのはしていなかった。却ってそれが幸いして、一日も早く規則正しいリハビリテーションの訓練を受けさせたいという私の友人の考えが実を結んで、私はその方面では本格的な態勢を取って治療を行っている川崎市梶ヶ谷の虎の門病院分院へ早くに移ることが出来た。

車椅子に乗せられてどこかへ行くということも起らないし、ベッドに寝たきりの生活が続いているから、そんなわけで左足の方はつい忘れがちであった。歩けるかどうかという問題について私がいったいどう考えていたのかもはっきりしない。現に自分で手洗いへ行けないのだから、歩けないのははっきりしている筈であったが、前にいったように、長女は、私がよく、靴はちゃんとベッドのそばに出してあるかと尋ね、しきりに自分の靴を気にしていたのを覚えているから、ひょっとすると、その気になれば廊下までくらいなら、人の助けを借りなくても歩いて行けると思っていたのかも知れない。

重症室から三人部屋へ移ってからのことであった。或る晩、夜中に私はベッドをおりて部屋の外へ向って歩き出そうとした。何歩歩いたか、どんなふうに歩けたのか、それも分らない。いきなり強い力で引き戻され、私は床に叩きつけられた。ベッドの枕もとの下にポリ・バケツの蓋をしたのが置いてあって、そこへ頭をぶつける恰好になって倒れた。べッドの脚とか壁に当ればえらいことになるところであったが、幸いやわらかなポリ・バケツにぶつかったので助かった。

隣りのベッドにいた人が気附いて、ナース・コールの呼鈴を代って押してくれ、看護婦が来て、私は元通りベッドへ寝かされた。

点滴の注射の針が何本も足に刺してある。その針についている紐か何かが、ベッドを離れて歩き出した私の足に巻きついて、強いばねの働きをして私の身体を引き戻したようであった——と、夢遊病者のような行動をした自分を振り返って、私はそんなふうに考える。足にぐるぐる巻きになったタコ糸のような、弾力性のある紐が頭に浮ぶところを見ると、ベッドへ戻されるとき、私は巻きついた紐を解いて外すところを見たのだろうか。いったいどこへ行くつもりでベッドをおりて歩き出したのか、分らない。どうして私の身体がいきなり強い力で引き戻されてベッドの横の床下に倒れたのか、説明がつかない。それとも、私は歩いて部屋を出て行こうとしたつもりでいるけれども、本当はそこまで行かなくて、ただベッドから転がり落ちたに過ぎないのかも知れない。それでポリ・バケツの蓋に頭をぶつけたのだろうか。

私は今までこれは実際に起った出来事だと思い込んでいたが、考えてみると疑わしいところが無くはない。頭の上に点滴の硝子の容れ物をいくつも吊して、寝たきりの私の腕にも足にも注射の針が何本となく刺さっているのである。そうして現に一回もベッドの上に起き直る姿勢さえ取ったことの無い人間が、ベッドからひとりで下りて、たとえ二歩、三歩にせよ、歩き出すことが可能であろうか。点滴の注射の針を全部抜いて、腕からも足からも離してしまって、一切身体の動きを制約する物の無い状態になっていたなら、また話は違って来る。おそらく点滴注射を続けている状況のなかでは、寝返りひとつ自由には出来難いのではないだろうか。なるほど長男の考え出したゴムまり捕球によるリハビリテーションの運動はやれた。だが、左の腕には点滴の注射の針は刺さっていないし、液が下りて来る管もつながってはいない。

ひょっとすると、夜中にベッドから下りて室外へ歩き出そうとしたことも、強い力で引き戻されてベッドの横の床に倒されたことも、枕もとの下に置かれたポリ・バケツに頭をぶつけはしたものの、被害は最小限で食い止められ、「飛んだお騒がせ」をして同じ病室の患者の方に迷惑をかけてしまったことも、当直の看護婦が来て元通りベッドに寝かせてくれたこともこれらの一切の「空騒ぎ」は、病院を出て家に帰りたがっていた私の願望が生み出した幻想、幻覚であったかも知れない。

すべて現実に起りそうにないことである、にも拘らず、やわらかいポリ・バケツの蓋に頭をぶつけた感覚は、現実にわが身に起ったものとして残っている。もしこれが実際に起ったことでなければ、どうして寝たきりの姿勢でいる私がベッドの枕もとのすぐ下に汚れ物を入れる、大きくはないポリ・バケツが蓋をしたままで置いてあることを知っているだろうか。あれは頭をぶつけたから存在を知ったのではないか。ただ、私の身のまわりの世話をしている妻と長女がそのポリ・バケツをさげて運ぶところを見たくらいでは、頭をぶつけて私が床に倒れたときの、ああいう物との接触の親密な感覚は生れないのではないだろうか。

ここで思い出されるのは、やはり溝の口の救急病院にいる間に起った（と私が少なくともそのときは思い込んでいた）もう一つの出来事もしくは幻覚だ。

或る晩、私は南足柄の自宅へ帰るために末の子をおぶって病院を出た長女が向ヶ丘遊園の駅から乗る筈であった小田原行きのロマンスカーに乗り損ねて、病院へ戻って来るという連絡を受けたと思った。長女が乗って帰るロマンスカーは最終ではなかったし、まだあとに何本もあるわけだから、かりに乗るつもりにしていたロマンスカーに遅れたにしても、わざわざ溝の口の病院まで子供をおぶったまま引返して来なくてはいけない理由は何一つ見当らない。

もしこちらで一泊しないといけない事態が生じたなら、病院よりももっと近くて便利な、また同じころに病院を出た妻がとっくに帰り着いている筈の生田の私の家へ行けばよい。何か大事な忘れ物を私の病室に残して来て、それをその日のうちに見つけ出さないと紛失する心配があるというのでもない限り、わざわざ病院まで戻って来ることは無いのだ。

ところが、夜、私は突然、神の啓示を受けたかのように、南足柄へ帰れなくなった長女があと少しで満一歳の誕生日を迎える末の男の子をおぶって戻って来ると思い込んだのであった。私は、とにかく長女と子供を寝かせてやらなくてはいけないと考えた。そうして看護婦に訳を話して、どこか空いているベッドに二人を寝かせてやって貰えないだろうかと頼んだ。そのとき、私のベッドから廊下にある赤電話の前に立っている長女の姿が見えた。どこにいらっしゃるんですかと看護婦に訊かれて、

「あれです。あそこで電話をかけているのがそうです」

というと看護婦は、いいえ、あれは学生さんです、お宅のお嬢さんではありませんと、私をがっかりさせるようなことをいった。そういわれると、確かに長女とは似ても似つかない、赤いジャンパーか何か着た、見も知らぬ娘であった。だいいち背中に子供をおぶっていない。

で、私はなおも長女がここへ来たら、子供と二人どこか寝る場所を用意してやらないといけないが、どうしようと思い悩んだのだが、実際に長女は私の病室に姿を現さないままにこの出来事は終ってしまった。考えてみると、向ヶ丘遊園で小田原行きのロマンスカーに乗り遅れた長女が末の子と一しょに病院に戻って来ると私は思ったが、それをどうして知ったかということからして明らかではない。長女が病院へ電話をかけて来て、看護婦から私は知らされたのだろうか。そこのところは何の記憶も無い。ただ、消燈時刻の九時ま

ではまだ大分間があり、見舞いの家族の声が廊下の方で賑やかに聞えている夜の時間になって不意に私はそう思い込んだのだ。つまり、そもそもの出発点から理屈に合わない。現実味が乏しいのである。

多分、私は末の子をおぶって電車を乗り継いで遠く南足柄の山の中腹の家まで暗い中を帰って行く長女のことをいつも心配していて、それがこの理屈に合わない幻覚、夢となって現れたのだろう。ところが、その幻覚、夢がいかにも本当に起ったことのように思われ、私は生田の家へ行けばいいのにどうして病院へ戻って来るのかという疑問を浮べず、もう一度、出て行ったときの、子供を背中におぶった姿のままでこの病室へやって来るものと思って、それまでに寝る場所を何とか確保しておいてやらなくてはと焦っていたのであった。

不思議なことには、この幻覚または夢のなかでただひとところ、私が廊下の赤電話のところに立っている長女をあれですと指したのに対して看護婦が、いいえ、あれは学生さんです、お嬢さんではありませんといった場面だけが、全体の輪廓がさだかでないこの「出来事」のなかではっきりしているのである。そういわれたとき、そうか、あそこに長女がいると思ったのは間違いだったか、なるほどあれは見も知らぬよその娘さんだと思った。ひょっとすると、そこだけは現実に起ったことなのだろうか。つまり、長女が病院へ戻って来るのを知ってベッドを用意してやらなくてはと思ったところまでが幻覚もしくは夢で、看護婦に話したところ、中でも廊下の赤電話の部分だけは幻覚ではなくて実際にあったことなのかも知れない。この患者さん、へんなことをいい出したわ、いよいよ頭がおかしくなったのじゃないかしらと看護婦は思っただろうか。そう思われたとしても仕方のないところであった。

私は南足柄から来た長女に、病院にいた間のいろんな話を聞いてノートを取るに当って、溝の口の救急病院の四階の、エレベーターの出口と看護婦詰所、重症室、次に移った三人部屋などの入った見取図を描いてもらっていた。その図を見ると、廊下に「赤電話」が書き込まれている。ただし、それは洗面所の前のあたりで、重症室からは見えるが、三人部屋からは大分離れた位置にあり、ましてベッドに寝たままでは見えっこない廊下をまわった先にある。そこへ行くには、いったん病室の入口から外へ出て、喫煙所になっている廊下の角の長椅子の前を通って行かなくてはいけない。長女がロマンスカーに乗り遅れて病院へ戻って来ると私が思って寝かせる場所について気を揉んだのは、重症室に入っていた間ではなく、三人部屋へ移ってからであったと私は思っていた。

しかし、もしこれが重症室にいた間に起ったことであったなら、私のベッドから（私は自分の寝ていたベッドの位置も見取図のなかに書き入れて貰った）、廊下のすぐ向いにある赤電話が病室の入口を通して見えることになる。距離も近い。私が廊下の赤電話の前に立っているよその娘さんをあれですといって指すことは出来ないわけではない。

そうして、もし赤電話の部分だけが幻覚でも夢でもなく現実に起ったことであったとすれば、私が三人部屋へ移ってからの「或る夜の出来事」と思っていたのは、実は溝の口の救急病院へ運び込まれてからまだいくらも日にちがたっていない、重症室のベッドに寝かされていた間に起ったものだということになり、あやふやな話が一層あやふやになる。

――私は長女が南足柄の山の中腹の家へ電車を乗り継いで帰って行くのを心配していたといったが、梶ヶ谷の虎の門病院分院へ移ってからもずっと、長女に限らず家族の者が私の入院によって日常生活のリズムを狂わせられ、普通なら自分の家にいて家事をしている筈の時刻に電車やバスに乗っているとか、夜道を女が一人で帰って行くというようなことが多くなるのを気にしていた。年老いた者が脳内出血という病気で倒れたのは、これは降って湧いたる災難としても或る程度やむを得ないことだが、その看護のために家族のほかの者が、いつもの時間に家に居さえすれば巻き込まれることの無い災い、事故に会うのは残念だ。これだけは何としても避けなくてはならない。私は病院にいてその心配をしていた。滑稽なことだが、私は司令官が部隊全員に布告を出すようなかたちでその気持をみんなに伝えたいと思っていた。のみならず、私は英文で布告の文案を作ろうとしていた。

どうして英文になるのか。私は発病の少し前まで机のまわりに英語の本を積み上げ、絶えず大きな辞書を引きながら原稿用紙に向って仕事をしていた。イギリス十九世紀の後半、ヴィクトリア朝に国民の人気を集めた一連の喜歌劇がある。作詞がギルバート、作曲がサリヴァン、すべて二人の合作によるのでギルバート・サリヴァン・オペラといい、またそれらの喜歌劇を上演するために興行師ドイリーカートがロンドンのストランド街に建てた劇場の名前を取ってサヴォイ・オペラともいう。中で最も有名なのが『ミカド』である。私は福原麟太郎さんのお書きになったものを読んでサヴォイ・オペラに興味を持つようになったのだが、ギルバートとサリヴァンの組合せによるこれらの喜歌劇がいったいどんなふうにして始まり栄えたかという物語を書こうと思い立った。雑誌の連載が終り、単行本にするための加筆訂正の仕事をしたのが、病気になる年の夏であった。ほかに新しく加える劇場や女優さんなどの図版の写真を本から選び出し、説明文を作らなくてはいけない。それがやっと済んで切抜原稿のスクラップを担当者に渡して、まだ何かしら気になる仕事が残っているようでもあり、ほっとしてはいけないのにほっとしてしまった——という時期に病気になった。病人になっても、だからギルバート・サリヴァン・オペラ、サヴォイ・オペラのことが気にかかっていた。私の哀れな頭には、何でも英語で考えたくなる癖が残っていたのだろうか。それにこういう司令官布告は（トラファルガー海戦のネルソン提督ではないが）英語がいい。日本文だと気恥しくて口にできないことでもいいやすくなる。

Commander commands.（指揮官は命ずる）というのが始まりだ。あとにその命令の内容をつづければいい。サヴォイ・オペラでは、例えば『軍艦ピナフォア』に出て来る成り上り者の海軍大臣ジョウゼフ・ポーター卿の最初は事務所の窓を拭き床を掃除していた給仕の自分が、いったいどのようにして女王の海軍の統治者の地位に就いたかを告白する風変りな自伝の歌のように、主要な役の俳優が長々と歌うソングというのが聴衆を喜ばせたものだが、この指揮官はソングを歌うわけではない、簡潔にむしろ素っ気なく歌わなくてはいけないところだ。あとは、つまり、二次的な災害はいかなることがあっても防がなくてはいけないということをいいさえすればいい。冬山の登山で遭難者が出る。それは仕方が無いとして、その救出のために出動した人たちが雪崩などに巻き込まれて遭難するのは運が悪かったでは済まない、痛ましい話だ。私のいいたいのは、自分の入院のために家族のみんなに無理がかかるのは避けられないことだとしても、注意に注意を重ねて、別の災いを招かないようにして貰いたい、切にそれを望むということであった。

「コマンダー・コマンズ……」

これは頭韻を踏んだつもりではないが、口調も悪くないから決まったが、そのつづきはこれで文句無しというふうに決まらない。私は、夜ふけの暗いバスの停留所、駅のフォームのベンチにひとりしょんぼりと坐っているお前の姿を見たくないといった意味の言葉を、その英文の布告のなかに入れたい気持がしないでもなかったのだが、とてもそこまでゆかなかった。

ところで今になって考えてみると、この英文で家族に注意を促そうとしたことそのものが、病人の描いた幻想であったというふうにいえる。結局、そんな「布告」は一度も発せられないままに終った。ロマンスカーに乗り遅れた長女が病院へ子供をおぶって舞い戻って来て、実際に廊下のそこに今、いると思ったのも、私のそんな心配、取越し苦労が生み出した他愛のない喜歌劇ふうの幻覚であったようだ。

ではこの辺で長女とかかわりのあった「大部屋の人たち」の思い出に戻ろう。

八人部屋のよく力づけてくれた人たちに、もう一人、大型トラックの運転手をしていた野宮さんがいた。この人は胃潰瘍で入院した。仕事で町中を走るとき、道路の狭いところに自転車がいっぱい置いてある。車から下りて、一台一台動かさないと通れない。多いときは何十台も動かすことがある。で、決められた時間通りに着けば当り前で、ちょっとでも時間に遅れると傭い主にがみがみいわれる。だから、胃もおかしくなる。そんな話をしていた。

息子さんが鮨屋で見習いをしている。高校を途中で止めて鮨屋へ入ってしまった。病院へ来たので会ったことがあるけど、大きな体格をしている。

「オレは教育に失敗した。でも、もう真面目にやるだろうね」

と野宮さんはいっていた。

それが長男で、その下に男の子が三人いて、うんと年が離れて女の子が生れた。ひろみちゃんといって可愛い子。民夫より二、三カ月上だった。野宮さんは、私が民夫を抱いてお父さんの世話をするときなんか、民夫を自分のベッドへ連れて行って、見ていてくれた。奥さんはふっくらした、やさしい人。福袋——というのは何が入っているか分らない、怪獣の縫いぐるみとか、原色のどぎつい色をしたひよこの縫いぐるみなんかが入っている——を買って来て、中のものを民夫にくれたりした。

この大型トラックの運転手をしていた人は、お父さんに気を附けて、よく見てくれていた。重症室から三人部屋へ移ると、毎晩、様子を見に行ってくれたらしい。昨夜はよく眠っていたとか、御飯食べていなかったとかいった。森林公園の人と一しょに、(お父さんは)ぜったいに直るといって元気づけてくれた。これまで森林公園の人のいったこととして話した中に野宮さんの言葉も入っている。細やかに気をつかってくれた。本当に感じのいい人、いちばんいい人だった。

お父さんが元気が無い、御飯を食べないという話をしたとき、そりゃあこんなところにいたら元気も無くなって来るよ、大体、夜が長くてうんざりするんだよ、昼間はこうして廊下へ出て来て話が出来るけど、お父さんはそれも出来ないし、夜は消燈時間が過ぎると朝までが長いんだよ、そりゃあ誰だって元気が無くなって来るよといって慰めてくれた。

——八人部屋でほかの患者の世話を焼いていた主《ぬし》のような人たちで、末の子をおぶって毎日病院へ来る長女にいろいろ話しかけた人たちのことは、全く覚えが無いなかで、大型トラックの運転をしている人だけは、そんな人が私の病室へときどきやって来たというぼんやりとした記憶がある。長女とそれらの八人部屋の人たちとの接触は専ら廊下の長椅子のところで行われていたのに、トラックの運転をしていた人ひとりだけは、私の様子をそれとなく見るために、妻や長女が帰ったあとの夜の時間に三人部屋へ入って来ることがあり、そんなときに私とたまに言葉を交わしていたからだろう。

私はまた長女から大型トラックの運転をしていて、それで胃潰瘍になったという話を聞いていたに違いない。私は、この人が胃潰瘍になったのは、車の運転をする人たちを使っている小さなトラック運送会社の経営者としていろいろ気をつかうことが多いために病気になったと思い込んでいたので、そうではなくて、この人自身がトラックを運転していたと知って驚いた。あなたが運転なさるんですかと、私はいった。そうすると、この人には小さい会社ながら人を使う立場にある経営者らしい落着きと貫禄が身に備わっていたのかも知れない。

長女のはなし。大部屋の人は殆どが退院間近のようで健康そうに見える。ところが、夕方になって看護婦が注射を打ちに入って来ると、とたんに患者に早変りする。廊下の隅に溜っていたのが、

「御馳走の時間ですよー」

といったり、

「ああ、またか。ああ、嬉しい」

わざとそんないい方をして自分の病室へ戻って行く。

注射を打ちに来るのが大抵、上手な看護婦と下手な看護婦とで一組になっている。上手な人なら一回ですっと針が入る。それで上手な人をみんなで取り合いすることになる。

「看護婦さん、こっちこっち」

といったりして、部屋で寝ていた人が先に上手な人を連れて行ったりする。下手な人に当ったときは、

「看護婦さん、うまいもんねー、あんた、本当にいちばんうまい」

こちらを向いて、顔をしかめてみせながらそんなことをいう。どこが悪くて入院しているのかと思うくらい元気そうな人たちなのに、注射となると、みんな一遍にそんなふうになるから、ああ、やっぱりこの人たち病気なんだなと思った。

それから退院。病院をわが家のようにしているようでも、やっぱり嬉しいのは退院。反対に残された人は、しょんぼりしてしまう。

最初に森林公園の人が退院して行った。お父さんがまだ重症室にいる間に退院した。いつもパジャマを着ているのが背広とか、ちょっといいジャンパーなんか着ると、別人のようになる。そこへ迎えの家族が来て荷物を纏めたり、看護婦さんにお礼をいったり、病室の人に挨拶をする。それを見ていたら、羨ましくてたまらなかった。

森林公園の人の次が、同室の人に励まされながら一歩から歩く練習を始めたニムラさん。この人は退院間近のとき、廊下の椅子に腰かけて野宮さんに話しかけていた。

おれはねえー、家に帰ったらよーく考えてみようと思うんだ、という。何をよう、と野宮さんが訊くと、なんでこんなことになったか、考えてみようと思うんだ。もう退院するのにそんなこと考えたって仕様がないじゃないかというようなことを野宮さんがいってたけど。それを聞いて、脳内出血で意識が無くなって入院したニムラさんにとって、今度のことはよほど大きな経験だったんだなと思った。それから野宮さん。野宮さんが退院したとき、用意は出来たのになかなか帰らない。どうしてかと思ったら、あんまり病院が長かったから、近所の人に分らないように暗くなってから帰るんだといった。

一人退院するとみんなしょんぼりする。殊に森林公園の人なんかよく世話を焼いていたから、退院すると、一遍に淋しくなる。森林公園の人と大型トラックの運転をしている野宮さんが退院したあとは、火の消えたようにしーんとしてしまった。一人退院すると必ず一人入って来る。そうして、二、三日してまた元のようになる。

お父さんが重症室から三人部屋へ移った日、こちらは知らないで病院へ来た。丁度、溝口の駅で電車をおりたとき、お母さんと会って一緒に病院まで歩いた。エレベーターで四階へ来て、いつものように重症室へ二人揃って入って行こうとしたら、廊下の長椅子のところに並んで坐っていた人たちが、

「そっちにいねえよ。向うだよ」

と声をかけた。

「えーっ？　移ったんですか」

「あっちだ、あっちだ」

そういってみんなで指さしたのは、廊下の角を曲って一つ先の左手の部屋だった。三人部屋へ移ったのを知らずに私たちが来る。来たら、もう重症室にはいないから喜ぶだろうな。黙っていたら今まで通り重症室へ入って行ってしまうだろう。知らせてやらなくちゃというので、待ち構えていたらしかった。

——ところが三人部屋へ移されて嬉しかったのはそのときだけで、三人部屋に入ったとたんにお父さんは悪くなった。元気が無くなり、食べない。点滴注射のきつい薬の副作用で身体が弱った。本当なら回復すべきときなのに逆に弱って来た。下痢はする。点滴注射の針を刺した右足首は腫れ上っている。寝間着の着替えをするのに、足にちょっと触っても痛がる。身体中、痛いところだらけ。重症室にいて八人部屋の人に励まされていたときの方がよかった。三人部屋へ移ってからは一日ごとに悪くなって行くように思えた。こんなふうになったのも入院以来続いている点滴注射の薬の副作用で内臓が荒らされたためだというのは虎の門病院へ移ってから分ったことで、そのときはどうしてこんなに弱って来たのか訳が分らないから不安であった。

廊下の角の長椅子のところにいる常連のなかには、保険の外交員をしている女の人がいた。この人は八人部屋とは廊下の反対側の女部屋の住人であった。いつもここで煙草を吸っていた。お化粧もきついし、煙草は煙突みたいにふかすし、物いいも「何だからよう」というようながらがらした女の人だけど、いい人で、民夫によくお饅頭とか蜜柑なんかくれた。誰かが「あの人、このあたりで（保険の外交の）いちばん成績のいい人だ」といっていた。この小母さんが森林公園の人と息があって、よくみんなを笑わせていた。

森林公園の人が退院するとき、この保険の小母さんが世話役になって、忘年会を開く段取りをつけていた。私たち暮に会って忘年会やるんだといい、場所はあそこでいいかと養老の滝のような店の名前を口にして、みんなの電話番号を控えたりしていた。

年寄りばかり、それも長くずっと入院したきりでいる、動けない人たちの病室が看護婦詰所の（重症室とは反対側の）奥の方にあった。

シーツ交換のとき、看護婦さんが患者を四、五人一しょにして車椅子に乗せて連れて来て、長椅子の手前のところへ、

「ちょっと待っててちょうだい」

といって置いて行く。お婆さんばかりで、このシーツ交換のときしか病室の外へ出て来られない。長椅子のところにいる常連とは、このときだけ顔を合せる。

民夫が椅子の縁につかまって伝い歩きをしているのを見て、嬉しそうに手を叩いて、

「あんよは上手、あんよは上手」

という、品のいいおばあさんがいた。

そんなことが出来るのはいい方で、車椅子に乗せられたまま、ただぐにゃーとしている人が多かった。

女部屋の患者に自殺を計って入院したおばあさんがいた。きょとんとした顔つきの、気楽そうな人で、そんな深刻な悩みを抱えているようにはちっとも見えなかった。ときどき出て来ては八人部屋の人たちにからかわれたりしていた。

からかわれるといえば、重症室にはじめのうちいて八人部屋に移った金内さんという人は、仕事中に高いところから落ちて頭を打って病院へ担ぎ込まれた。入院中、同僚の人らしいのが浴衣を届けに来たりしたが、家族は一度も見かけなかったから、出稼ぎに来ている人であったのかも知れない。長椅子のところにいる人が、

「あんた、カネウチさん？」

というと、ウンウンと頷く。

「ウチカネさん？」

というと、またウンウンと頷いて笑っている。

この金内さんが重症室のベッドの中で夜、こっそり煙草を吸っているところを巡回の看護婦に見つかって、こっぴどく叱られた。まわりは酸素の管を鼻のところにくっつけてい

る患者（私もその一人だが）ばかりで、そんなところで煙草を吸って、もし酸素に引火でもすれば大変なことになる。看護婦がうんと叱りつけて、煙草を取り上げた。

溝の口の救急病院にいた間のことは、みんな薄暗がりのなかに沈んだようで、はっきりしないのだが、入院して間のない頃に起った、この「金内さんの煙草事件」だけは、よく覚えている。長女がかいた図によると、重症室の入口からいちばん近いベッドに私、その次が金内さんで、奥のベッドが夜になると溜息とも泣き声ともつかない声を立てる心臓病のお婆さんであった。

煙草を吸っているところを見つかった金内さんは、うんと叱られたが、私はいきなり枕もと近くで看護婦が怒り出したので、その見幕の凄じさに自分も一しょになって叱られているかと思うほど震え上ったのを覚えている。多分、私は酸素を送られている患者のいる部屋で煙草を吸うことがどんなに危険であるかがよく分っていなかったのだろう。これは猛烈な叱り方だなあと私は思った。

だが、家族の話によると、それだけこっぴどく叱りつけられたにも拘らず、金内さんはあまり応えなかったらしい。というのは、その後も煙草をベッドのどこやらに隠していた。或る日、「宿直」の夜、次男が重症室へ入って行ったところ、問題の金内さんが煙草を取り出して今にも吸おうとしていたから驚いた。急いで煙草を取り上げ、看護婦詰所へ持って行った。そんなことがあった。

高いところから落ちて頭を打ち、記憶喪失に陥った金内さんは、あれだけきびしく叱られながら、叱られたことを忘れてしまうのだろうか。お蔭で、「宿直」の番になった長男と次男は、金内さんがいつ隠してある煙草を出して来てこっそり吸い出すか分らないので、気が気でなく、ときどき様子を見に行かねばならなかった。

「泣きばあさん」の声は、私にはさほどうるさくは感じられなかった。例えばそれは、あたしゃもうこんなところに寝かされているのは御免だよ、家へ帰してくれないかねえ、もうこれ以上我慢は出来ないよ、といいたいところを全部はいわないで、最初に出たひと声に何もかも托してしまったかのような「あーあ」なのである。ところが、その「あーあ」の繰返しと見える中にも微妙な変化があった。単調なようでいて少しずつ違う。中国では昔、葬式に泣き女というのが傭われて、葬列の中にあって派手に泣きわめいてみせるのを職業とするのがいたらしい。これは目立たなくてはいけないから相当うるさくわめき立てるのだろう。重症室で私が一しょになった「泣きばあさん」の立てる声は、溜息と泣き声を一しょにしたようなおとなしい声だが、どことなく芸術的なといいたいうまみがあり、同室の私の胸にしみ入った。うるさい人だなあと閉口しながらも、本当にそうだよなあ、どうしてこんな病気になってしまったんだろう、お互いに運が悪かったんだなあと、いいたくなった。私は虎の門病院分院へ行って四人部屋で寝るようになったが、夜、眠れないときなど、重症室で一しょだったこの泣きばあさんを思い出して懐しくなり、その声を真似して出してみたくなったことがある。

泣きばあさんがいる、叱られても叱られても夜、ベッドで煙草を吸おうとする金内さんがいては、お父さんの神経が休まらないから、個室へ入れて貰えないか頼んでみようとしたのと長女はいった。でも、重症室の隣りがナース・ステーションになっていて、患者に変ったことがあればすぐ分る仕組になっている。個室だとそれが出来ないからといわれた。また、お母さんとそんな話をしているのを知った森林公園の人が、大部屋はみんなで励ましてワイワイいって助け合って直しちゃうんだ、個室じゃそれが出来ないから駄目だよといった。重症室を出さえすれば患者同士病室へ出入りできる。そうなったら（お父さんの）面倒見てやろうと思って、待っていてくれたんだと思う。金内さんの煙草の話が出たとき、長女はそんなふうにいった。

Dデイ

川崎市梶ヶ谷の虎の門病院分院には一昨年の十二月二日から暮の二十七日までの一カ月足らずの間いたが、ベッドの枕もとの壁に長女が持って来た小さな小田原提燈が飾ってあった。退院の日、この提燈、忘れずに荷物の中へ入れてくれと私は何度も念を押したのを覚えている。持って来た当人の長女にすれば、枕もとのちょっとした飾りつけ、単調な病院の生活での目の慰めになればいいというつもりであったらしいが、車椅子からベッド、ベッドから車椅子へと移る以外に変化の無い身には、いつの間にかマスコットの一つのように眺められていたのであった。帰宅して自宅療養に入ってからは、寝室の箪笥のところにセロテープで貼りつけて止めてある。燈明こそ入っていないが、私の寝床を見下す丁度いい高さのところに、今日も安らかな眠りが恵まれますようにといった塩梅に掲げられている。

私は一度、長女にこの小田原提燈の由来を尋ねてみたいと思いながら果せないでいたが、去年の十二月半ばの日曜日の午後、東京日比谷まで所用で出かける妻のために留守番を引受けて南足柄からやって来た長女に、小田原提燈と病院へ持って来てくれた紅葉のことを話してくれるように頼んだ。曇り日ではあるが、風は無く、割合に暖い日であった。——妻が東京日比谷まで出かけた所用とは、実は東宝劇場での宝塚歌劇団雪組公演のオペレッタ「三つのワルツ」観劇で、来る日も来る日も病気の私の介添役に明け暮れている妻に、好きな宝塚の舞台を観て息抜きをしてもらおうといい出したのは南足柄の長女であった。当日は留守番をして、夕食の用意もちゃんとしておきますから急がずに帰って来て下さいといい、劇場の座席券は電話予約で一枚分を確保しておいてくれた。妻は夕方、興奮さめやらぬといった顔つきで戻って来て、素晴しかった、是非みんなにも見せたいといちばんにいった。つまり、長女の企画による「三つのワルツ」観劇の半日のプレゼントは大成功というわけであった。

さて小田原提燈の方だが、

「あれはお父さんが溝の口の病院から虎の門の分院へ入ってからのこと」

とはじめに長女はいった。

最初はまだ部屋が空いてないからというので、北側向きの六人部屋に入った。その六人部屋の隅っこのベッドが一つ空いていて、取敢《とりあえ》ずここへ入って下さいといわれたの。すぐに部屋が空いて、南向きの四人部屋の方へ移ったんだけど。こんなふうに長女は話し出した。私自身は、最初に入れられて二日間いた北側向きの六人部屋のことは全く覚えていなかった。

そしたら、隣りのベッドにおじいさんが寝ていたんだけど、その人のところに子供のかいた絵とか励ましの言葉をみんなで寄書きした色紙とかカレンダーが枕もとの壁に飾ってあった。居心地よくしようというつもりらしかった。それで、ああ、こんなふうにお父さんのベッドもしたらいいなと思った。石川先生からは六カ月は入院して貰うことになりますといわれていた。とにかく長くなりそうだから、ベッドのまわりをにぎにぎしくしようとお母さんといったの。溝の口にいたときは、いつか移ると思っていたから、そんな気持になれなかった。

六人部屋からすぐに南側向きの四人部屋へ移った。窓から日が差し込んで、天気の日は光りが眩くてカーテンを閉めておくくらいの明るい部屋だった。それで部屋を飾るものを何か買って行こうと思って、小田原からロマンスカーに乗る前に、北口に土産物屋があるの。北口のビルの一階。新幹線ビルというのがあって、店を出してもすぐつぶれてしまう。南口は観光客でいつも賑わっていて、ごった返しているのに引きかえ、北口はひっそりしていて、本当に閑古鳥が鳴いているようなビルで、本屋さんを出してもすぐつぶれてしまう。地下通路があれば違うんだけど、無いから通り抜けがきかない。入場券を買わないと行けないから人が入らない、そこの一階に土産物屋がある。何か飾りになるものはないかなと思って入ってみたら、御用だ御用だという十手なんかもあった。(御用だ御用だといっておいて長女は笑い出した）十手というわけにもゆかないしとあたりを見まわしたら小田原提燈が目にとまった。

で、提燈がいいかなと思った。三種類か四種類あって、その中からいちばんすっきりしてきれいに見えるのを選んで買った。

長女の買った提燈のデザインはどんなのかというと、白地に墨の太い字で「小田原宿」としるしたその両側に赤で紋が二つ、入っている。その右手の紋のすぐ上に小さく「小田原城」、左手の下の方に紋章にかぶさるようにして「箱根関所」と小さい字で書いてある。紋の赤と文字の墨との対照もよく、デザインとしては長女がいう通りすっきりしていて好ましい。

ついでに火をつけられますかと長女が訊いてみたら、店員は笑いながら、

「それは無理です。危いです」

といった。

ほかに赤い地に白く文字を抜いたのや、白地に黒と赤の文字の入った派手なのもあった。病院の見舞いに持って行くのに小田原提燈とは普通では考えつかないことではあるが、長女が末の男の子をおぶって毎日、ロマンスカーに乗り込むその駅が、たまたま箱根

の関所を山の向うに控えた、相模の海を見渡す天守閣（これは新しく建てられたものだが）の城跡のある小田原の町にあったばかりに、しかも新しく移った病院の部屋の父のベッドの枕もとを一つ「にぎにぎしく」飾りましょうという考えが長女にあったものだから、小田原提燈は長女とともにロマンスカーに乗ることになった。

次は大雄山最乗寺の境内の楓の紅葉。これは最初の溝の口の救急病院にいる間に持って来てくれたものだ。

大雄山最乗寺は、南足柄へ引越して以来、長女がよくお参りに行く曹洞宗の古いお寺で、参道には杉の大木が並んでいて、そこを歩いていると「確かにここには神さまがござらっしゃる」という気持になると長女は常々いっている。長女の主人が横浜にある会社へ出勤するのに利用している単線運転の大雄山線の終点からバスが出ている。私と妻もこれまでに何度か長女の案内で参拝したことがある。

大雄山の紅葉は溝の口の病院の、重症室から三人部屋へ移ってすぐの頃だったと長女は話し出した。宏雄さん（主人）が休みの日でみんなで車で病院へ行こうといったとき。前から大雄山のお守りを貰って来ようと思っていたから、東名高速へ入る前に大雄山へまわった。

天狗の下駄――というのはこの大雄山を開くときに大活躍をしたのが天狗さんで、その天狗さんに履いてもらおうと信者が奉納した大きな、重そうな下駄がいくつも並んでいるあたりにお守りを売っている。先ずお参りをして、そこでお守りを頂いて下りて来たら、車を駐車してあるところに四阿《あずまや》があって池があって、その横に楓の木があって、石畳にいっぱい紅葉が落ちていた。赤いのもあり、黄色いのもある。それで、

「あ、これも拾って行こう」

お父さんは動けないんだから、何も見られないんだから、外の景色のつもりで拾って行こうと思った。

その石畳の紅葉が、雨上りか、それとも朝露がまだ乾いていなかったのか、しっとりと濡れていた。きっと雨上りだったんだと思う。マッチで火をつけるとすぐに燃えるような乾いた葉じゃなくて、しっとり濡れていた。（そこで長女は力を入れて、もうしっとりと念を押すように重ねていった）それで、二、三十枚くらい拾ったのか。五、六枚じゃなかった。その紅葉をハンカチに包んで病院へ持って行った。

そしたら、とても喜んで、お父さんは先ず大雄山のお守りを受取ると、「頭の病気だから」頭が直るようにといって頭に当て、次に動かない左の足に当ててさするようにして、お母さんに無くさないようにといった。ベッドの横の台に置いたんだと思うけど、気になるのか何度も無くさないようにといい、お母さんは大丈夫ですといって、お守りをお父さんの寝ている頭の上のベッドの柱に括《くく》りつけたの。

次にハンカチに包んだ大雄山の紅葉を見せたら、物凄く喜んで、それも手に取って額に

こすりつけて、

「しっとりして冷たくて気持いい」

といい、お守りと同じように頭にも悪い方の左足にも当てた。

大雄山の紅葉は、スコットランド製のグリーティング・カードの入っていた透き通ったプラスチックの箱に入れて、ベッドの横の棚へ置いておいた。よく見えるように。色が赤、黄色、色とりどりで、きれいだった。外の景色というのは全然見られない。まして溝の口の病院は町なかのごみごみしたところにあって、屋上まで行けばともかく、部屋の窓からは緑なんかどこにも見えない。せめて大雄山の紅葉を見て、いつの間にか冬になった外界を想像してもらえたらいいと思った。

ここで梶ヶ谷の虎の門病院分院へ下見に行った長女が、桜の木がいっぱいあって、芝生があり、噴水があり、散歩する道があって、いいところよーといってとても喜んでいたことを私は思い出し、下見に行った日のことを話して貰った。

あのときは、宏雄さんが会社の帰りに横浜から車で病院へ来て、私を家へ連れて帰り、お母さんを生田まで送って行くからといった。その頃、梶ヶ谷の虎の門病院分院へ移る話が進んでいた。でも、まだ確定したわけじゃなくて、移した方がいいという話が出かけたところで、梶ヶ谷の虎の門病院分院がどんなところか誰も知らなかった。そこで宏雄さんが、お母さんを家へ送って行く前に、虎の門病院を見ておきましょうかといった。お母さんは、帰りが遅くなって悪いからいいわといったけど、ここから一駅ですぐですからと宏雄さんがいって、出かけた。

――話の途中だが、そのころ、虎の門へ移る話がどのように進んでいたかをかいつまんでお伝えしておきたい。溝の口の病院へ最初に見舞いに来てくれた友人のS君から妻に電話がかかって来て、もう一度仕事をして頂きたいので、リハビリテーション専門で設備の行き届いた梶ヶ谷の虎の門病院分院へ移って一日も早くリハビリテーションを受けて下さいという申し出があった。それが見舞いに来てくれた二日あとであった。つまり、虎の門へ移る話は、私の入院と殆ど同時に起ったといってもいい。S君の叔父さんの作曲家で、赤坂霊南坂教会のオルガン奏者を長年続けて来たOさんが以前、急性十二指腸潰瘍でこの梶ヶ谷の虎の門病院分院に二週間入院したことがあり、行き届いた態勢で治療を行う、とてもいい病院であるのが分って感謝していた。Oさんは後に別の病気で亡くなったが、夫人がその折お世話になった婦長さんをよく知っているので、受け入れについて便宜を計ってもらえる。遠いところだと無理だが、虎の門病院分院のある梶ヶ谷は溝の口から一駅先で移るのにも都合がよい、それに今の溝の口の救急病院は、正直なところ、長く入院して治療を行うのには不向きなような気がする――というのであった。

妻は迷った。確かに今の病院はみすぼらしく、いろいろ不備な点や心細くなることが多いけれども、前に話したように親切な「大部屋の人たち」がいる。それに何といっても救急車で担ぎ込まれた私の命を適切な処置で救ってくれたという恩義がある。S君が勧めてくれる虎の門病院分院がいいからといって、移りたいといい出すのは悪いような気がする。それに下手に動かしてもしも再出血を起すようなことがあっては取返しがつかない。妻が迷うのも無理はなかった。ところが、重症室から三人部屋へ移って以来、日ごとに私の元気が無くなって来て、無気力になっているのが心配でならない。家から持って来た友人知人からの見舞いの手紙を見せると、読んでくれという。読んでいると、途中でどうかすると眠ってしまうことがある。御飯もはじめのうちは食べていたのに、食べなくなった。そんな様子を見ていると、このままずっとここにいても大丈夫なのだろうかという不安が生じる。結婚している子供たちに話してみたが、動かす方がいいかどうか決断はつかない。そこで三十年来、私たち一家の健康をみてくれている、私の発病入院の夜、奥さんを見舞いに寄越して下さった町医者のH先生に妻が電話をかけて虎の門病院分院へ移したらどうかといわれたことを話してみた。先生の答えは、是非そうなさいというのであった。

やがてS夫人とO夫人のお骨折りによって、虎の門病院分院へ妻が出向いて、脳外科病棟の責任者である石川誠先生（四本足の杖で私をはじめて歩かせてくれた先生である）に会ってこれまでの経過について話を聞いて頂く段取りがついた。毎週火曜日、午前九時から午後四時までの間、いつ来て頂いてもお目にかかりますという有難い言葉とともに病院の電話番号をしるしたメモがS夫人から届いたので、いちばん早い火曜日に妻は、たまたま会社が休みで病院へ来ていた長男を連れて出かけた。東急田園都市線梶ヶ谷の駅から五分とメモに書いてあったが、もっと遠かった。駅を下りてからは、長男が斥候のようにして先へ先へ走って行って道を訊いては戻って妻に知らせるというふうにして行った。そうして無事に、のちに主治医となってくれる石川先生にお目にかかることが出来た。最初は、発病入院から三週間を目安にして、虎の門病院分院へ移るのは十二月のはじめですねといわれた。その日、病院に戻って、首尾は如何にと待ち構えていた長女に話すと、長女は喜んだ。溝の口の病院では、私がだんだん元気が無くなり、おまけに新しく肝炎が見つかったといわれて（これは点滴注射のきつい薬の副作用によって生じた障害であることがずっと後になって分り、薬を止めたらひとりでに快くなったのだが）、ますます意気銷沈していたところなので、石川先生にお目にかかって、虎の門病院分院へ入れて貰えることがはっきりしたのは何といっても明るい、よい知らせであった。

虎の門の方の受け入れはこれで保証された。さて、溝の口の方にはどういって話して諒解して貰うか。移る先の方はいいが、出て行かれる方は面白くないものだろうから、そこは慎重にしなければならない。担当の内科のM先生に話さなくてはいけないが、もともと憂鬱そうな、滅入った顔つきの先生が渋い顔をなさるのは目に見えている。誰が猫の首に鈴を附けるか。仕方が無い。最初に妻と長女の二人で先生に会いに行って話してみた。休みの日で病院に来ていた次男も附いて行ったが、これはうしろに立っているだけでひとことも口を利かなかった。妻は、恐る恐るお伺いを立てるといういい方で話してみたのだが、予期した通りいい返事は貰えなかった。とても今は動かせません。うちでも恢復期に入ればリハビリを考えます。今はそんな時期じゃない。時期が来ればこちらでも始めますからというのである。病院を替るなどとんでもないという口ぶりで、これは虎の門へ移すのはよほど覚悟を決めなくてはいけないということが分った。その頃からDデイDデイといい出した。Dデイは第二次大戦でイギリス、アメリカの聯合軍がノルマンジー上陸作戦を行った日で、作戦を開始する日を意味している。下痢つづきでふらふらになっている脳卒中の患者がほかの病院へ移るのにノルマンジー上陸作戦のDデイを持ち出すのは、当の患者の私にしてみればいささか気が引けるが、当時の私は何もかもあなた任せで、かりに相談を受けたところで何の役にも立たない人間で、無論、いい出したのは私ではない。

つまり、最初の打診で移すのが容易でないのが分ってみると、それならあらゆる手段方法を取って何とか転院させようという気持に家族の者がなり、それがDデイという合言葉になったわけである。一方、お先真暗な私の病状にただ一つの転機となるのが溝の口の病院から梶ヶ谷の虎の門病院分院への転入院であり、家族の待望の気持は日ましに高まって行った。

ところで思い余った長女が或る日、家に帰って主人に話してみると、任せておけ、おれが話をつけてやんべと南足柄の土地の言葉でいい、入院した患者は救急車で運ばれたので、自分で病院を選んだわけじゃないんだから、あとでほかの病院へ移りたいといい出しても、誰もこれを身勝手ないい分と咎めることは出来ない、入院患者があとになってほかへ移りたいといい出すのは、救急病院の宿命だと割切ったものであった。そうして、病院へ何度か出かけ、気配を察したM先生の方が、宏雄を見ると、嫌な男が来たという顔をするようにまでなったが、その甲斐あってCTスキャンによる脳のレントゲン撮影をもう一度してみて、その結果がよければ移してもいいというところまで漕ぎつけた。この間には、電話帳でM先生の自宅を調べた長女の主人が、手土産のウイスキーをさげて、家を探して訪ねて行ったところ、何だか話が食い違うので変だと思ったら、たまたま先生と同姓同名の人がいて、そちらの家へ行ったものと分って引返したというような滑稽なこともあった。また、先生が私の身体の状態を理由に移すのに反対するなら、今は精神的に落ち込んでいるのが気がかりで、身体よりもむしろそちらの方が心配であり、そのためにも病院を移して環境を変えた方がいいと思うという論法で何とか納得して頂こうとする作戦も考えた。救急病院のお台所の事情としては現に点滴注射を何本も続けている患者を一人でも手放したくないということがあるだろうし、病院としての面子《メンツ》もあるだろう。ほかへ移ろうと思えば喧嘩腰でないと駄目よという人も長女の身近にいたが、そうはしたくないという気持が強かった。何といってもお世話になった病院なのだから。長女の主人の粘りが物をいい、またM先生の方も譲歩してくれ、もう一度CTスキャンの撮影をしてみて、移してよろしいということになった。会社の帰りに病院へ寄った長女の主人が、一回、虎の門を見ておきましょうかといって、車を梶ヶ谷へ走らせたのは、妻と長男が石川先生に会いに行く前、まだノルマンジー上陸のDデイという言葉を家族の者がいい出してはいなかった、はじめの頃であった。

長女の話に戻る。……それで東急田園都市線の梶ヶ谷の駅へ行った。場所が分らないので、駅のそばで私（長女）が車からおりて、屋台の小父さんに訊いた。もうあたりは薄暗くなっていた。駅を出たところが橋、下が線路になっている。その橋の袂《たもと》に焼鳥屋が二、三軒出ていた。その屋台の小父さんに病院の場所を尋ねた。そしたら、向うにボーリング場が見えている、そのボーリング場の横の道を入って行ったら門が見えて来るといった。歩いては行けるけど、車だとバックして駅を大まわりして駅を越えて行かなくてはいけない。病院は小高くなったあたりで、向い側に学校があって、ここかな、ここかなといいながら運動場の塀に沿って来たら、ぱっと玄関に出た。

うす暗がりの中で門の表札を見ると、虎の門病院分院と書いてある。

「ああ、ここだここだ」

夜だから歩いている人は見かけなかったけど、玄関の前に噴水があって、まるい芝生があって、ベンチが置いてあった。その向うには木立があって、石を敷いた散歩道をめぐらした、もっと広い芝生の庭がひろがっている。溝の口とは地形も景色も違うし、雰囲気がまるで違った。溝の口の病院は町なかに埋れてあるような恰好だけど、虎の門はいかにも健康そうな感じがした。夜だからそんなにはっきりとは分らないけど、病院の雰囲気は摑めて、いいところだーといって感心して帰った。とにかく空気がきれいで、歩くところがいっぱいあって、木立に囲まれた別天地という気がした。

その虎の門病院分院へ移ったのが十二月二日。（Dデイははじめ十一月二十七日となっていたのが都合で少し遅れて十二月二日になった）それからここへ通うようになった。暮近くなると、町は日一日活気が出て来て、ジングルベルの曲が鳴り出す。民夫を連れて帰るとき、駅の前に不二家があって（よくアイスクリームやプリンを買って病院へ持って行った）、クリスマス近くなると、ケーキの箱を店の前に積み上げて売出していた。いままで夜、町なかをそれも毎日通るようなことは一度も無かったから、世間は忙しいんだなあと思った。

いまいったようにはじめは十一月二十七日であったDデイが、五日延びた。移ります移ります、虎の門の方はベッドを空けて待っていてくれますとそんな風に先生に話してあった手前、ちょっといい出し難かったが、このときも宏雄さんにいって貰った――と長女はいっている。（Dデイに関して私はまた別の日に南足柄から来た長女から詳しく聞いた）

もう大丈夫だろうなあ、また延びるなんてことはないだろうなといいつつも、先生に話してくれた。あとはDデイに向けて少しでもお父さんが身体に力をつけてリハビリテーションを受けられるようにと、お母さんは毎日毎日スープをこしらえ、グレープフルーツのジュースと一しょに病院へ持って行った。その時分、お父さんは食べると下痢をするからといって病院の食事を受けつけなくなっていたから、身体に力をつけて貰うためにはスープでもジュースでもとにかく口から入れるよりほかなかった。

準備はすべて整って、あと何日あと何日といいながらDデイを待った。そしてお父さんにあと三日です、あと二日ですというふうにいうと、

「外は寒いから、その日はあったかくしてくれ。頭に毛糸の帽子があるといいな。半纏も膝かけも持って来てくれ。とにかく頭の天辺から足の先まですっぽりくるんでしまうように用意しておいてくれ」

といった。外の寒さをとても気にしておられた。こちらはやっとDデイを迎えられるというので、少しばかり燥《はしゃ》いでいたけど、これまでベッドから一歩も離れたことのないお父さんにしてみれば不安の方が強かったのも無理はない。

当日はミサヲちゃん（十月に結婚した次男の嫁）もあつ子ちゃんも来て、みんなで引越しの荷物を纏めるのを手伝ってくれた。ミサヲちゃんがときどき生あくびをしている。お母さんがその様子に気が附いて、

「ひょっとしたら、ミサヲちゃん、おめでた？」

と訊くと、

「はい、そのようです」

とミサヲちゃんらしい口調で答えたので、みんなで、おめでとうといった。悪阻《つわり》が始まったところで気持が悪いのに、手伝いに来てくれた。そうすると、お父さんが退院したら（それがいつのことか分らないが、六カ月といわれているから初夏のころだろうか）赤ちゃんが生れるよとお母さんがいった。次から次へと事が多いね、うちは。

ベッドの横のロッカーの中の物を片附け、衣類は衣類でさげ袋に入れる。吸呑のような小さなものもあるし、蓋つきのポリ・バケツもあるし、濡れティッシュの箱なんかもある。病院の前にスーパー・マーケットがあって、足りない物は何でもすぐに買って来られたから都合はよかったけれども、さて引越しとなると荷物がこんなに多くなる。さげ袋の大きいのが四つか五つくらいになった。その間にお父さんはどてらに着替えて、上から半纏を着た。また車の中でかける膝かけも家から持って来ている。お母さんは退院、転院の手続きをし、お世話になった大部屋の人たち（いちばん励ましてくれた大型トラックの運転手の野宮さんや森林公園の管理人の人たちはもういなかったけど）にチョコレートを持って行ったりして、お礼の挨拶をしていた。

雑巾で拭くところは拭いた。飛ぶ鳥あとを濁さずというから。最後にシーツをきれいに畳んでおいた。家族全員で来たが、手があってよかった。残った薬も全部袋ごと持って行った。最後に車椅子を貸してくれて、お父さんを乗せた。ベッドから起き上ったことのない、ぐにゃぐにゃの人を乗せるのだから、要領が分らない。あちこち痛くて、身体に触れると、あ、痛いという。それをやっと車椅子に乗せて、エレベーターまで運んだ。みんな乗り切れなくて、たっさん（長男）なんか歩いて階段を下りた。

宏雄さんが玄関のところへ車をまわしてくれてあった。（生田の家からこの車にみんなを積んで溝の口まで来た。中で南足柄から持って来た蜜柑をみんなで食べて、こんなことしていたら紅葉狩に行くみたいな気がするねといって笑った）会社で使っていたのをまだ傷みも汚れもしていないうちに払い下げて貰ったトヨタのマスター・エースで、それが九月のことだからきれいなものだった。お父さんは乗ったのも見たのもはじめてだった。

そのワゴン車にお父さんを乗せるときも、病気で痩せて細くなっているといっても六十キロ近くある人だから、最初乗せようとしてもうまく行かなくて、一人、たっさんだったか、良二（次男）だったか中に入って、中から引張り込むようにして座席へ乗せた。それにいっぱいの引越し荷物と残りの人間が乗り込んで、あの八人乗りの広い車の中が身動き出来ないくらいになった。

最後に看護婦さんが出て来て、頭を下げて、

「お大事になさいませ」

といって見送ってくれた。

お父さんは十一月十三日の夜、救急車で運ばれて入院して以来はじめて外へ出るので、車が病院を出て行くとき、

「こんなごみごみしたところにあるのよ、よく見ておいて下さい」

というと、小さい声で、

「また見に来る」

とひとことといっただけだった。こちらは、はじめて病室以外へ出るのだから、さぞかし面白いだろうと思ったんだけど、自分の身体を座席の上で支えるのが精いっぱいで、外を見まわす余裕は無かったようだ。

宏雄さんは、車を走らせながら、

「おれ、もう溝の口へ来なくていいかと思ったらほっとする」

といった。車を運転する者にとっては、ここは一方通行が無闇に多くて、道は狭いし、その狭いところへ人がいっぱい歩いていて運転がし難い。車を停めるところもなかなか無いし、あの地理に明るい宏雄さんが、一回で病院の駐車場へ行けたことが無かった。病院の隣りに駐車場が無かったこともあるけど。

虎の門病院分院に着いたとき、婦長さんが迎えてくれて、南側の病室が塞がっているので、取敢ずここへ入って下さいといって三階の廊下の奥の方の病室へ案内してくれた。六

人部屋の、ドアを入ってすぐ右側のベッドだった。そして若い看護婦さんが一人附いてくれたが、その看護婦さんが、車椅子を持って来なくちゃねといい、すぐに持って来て、ベッドに横附けにした。ここでは一人一人に車椅子が一台渡される。先ずそれに感激した。

着いて一段落すると、

「これからお食事しますから、皆さん、向うのデイ・ルームで待っていて下さい」

そういうと、細い身体をした看護婦さんがお父さんをうまく持って車椅子に坐らせた。こちらは全然手伝いも何もしない。一人でちゃんと坐らせてくれて、枕もとの卓からテーブル代りの台を引き出して、そこへポンと食事が出る。ドアのうしろから、びっくりして覗き込んでいた。

「はい、お箸を持って下さい」

といわれてお父さんはお箸を取った。

溝の口出るまでは、お父さんは自分で指一本出せない。こちらが附いて全部食べさせて上げていた。それが今は車椅子に坐らされて、自分でお箸を持って食事をするの。もう驚いたね。でも、お父さんはお箸を持つことは持ったけど、顔はうな垂れたまま。

ご自分で食事をします。ご家族の方が見ておられると甘えますから、あちらのデイ・ルームへ行っていて下さい。看護婦さんにそういわれて、みんなで廊下の端の部屋へ行った。患者の人が何人か椅子に腰かけてテレビを見ていた。気になるので、誰かが様子を見て来ることにして、はじめにたっさんと私が行った。ドアのかげから覗いてみると、車椅子に腰かけたお父さんは殆ど手を動かさない。ベッドに横向きに腰かけた看護婦さんは、ときどき声をかけながら、じーっと見ている。お父さんは食べているときよりお箸を持ったまま何か考え込んでいるようにしているときの方が多い。時間がかかる。それでも自分で食べる気でいることは確かだ。みんなのいる部屋へ戻って、

「お父さんはゆっくり手を延ばしてお湯呑のお茶飲んで、お箸でおかずを食べておられた。食器は全部、陶器よ。お茶碗もお皿も湯呑も」

と報告したら、お母さんの目から泪がポロポロこぼれた。何を聞いても嬉しい、Dデイだから。

石川先生の回診までまだ大分時間がかかることが分ったので、その間にこちらも外へ出て食事をして来ることにして、看護婦さんにどこか食事のできるところはありますかと訊いたら、デニーズを教えてくれた。

デニーズは病院を出たすぐ裏手の街道沿いにあった。お母さんがみんなに好きなもの食べなさいといった。たっさんと良二はカレーライスとビール。宏雄さんは、会社へ電話をかけたら、急な用事が出来たというので会社へ帰った。お母さんは、悪いわ、何も食べて貰えなくてといった。私は前から一度食べてみたかったアメリカン・クラブハウス・サンドイッチにした。おいしかった。あつ子ちゃんとミサヲちゃんも同じのにした。お母さん

はホットケーキ。引越しの大仕事を果したあとのほっとした気持でみんなで楽しく食べた。背中にいる民夫もサンドイッチのおこぼれを口に入れて貰った。

悪阻のミサヲちゃんは、自分だけ食べないとみんなが気にすると思って努めて食べていたようだった。デイ・ルームで待っているときも、生あくびばかりしていた。ちょっと青い顔をして。患者の人がいたから、全員椅子に腰かけられなかった。立っていたミサヲちゃんに代って腰かけるようにいったら、

「大丈夫です、大丈夫です」

といった。

もう一つ、Dデイで忘れられないのは、お父さんが入った六人部屋で、車椅子を動かしながらやって来た髪の白い男の人に、どこから来ましたかと訊かれたときのことだ。溝の口の……と病院の名前をいったら、

「よくあそこから出て来られましたね」

というなり泣き出した。

「まるで島の監獄のシャトー・ディフを命がけで脱出したエドモン・ダンテスのようなことをいったの」

――ここでなぜいきなり長女の口からエドモン・ダンテスが飛び出したか、その訳を説明しないといけない。というのは、去年の秋から長女は私と妻の二人からの贈り物である

『モンテ・クリスト伯』を読んでいる。毎年、十月下旬の長女の誕生日に、妻と二人で書店の文庫本の棚から外国文学の作品を買って贈る。それもなるべく何冊にもなった読みでのあるものを選んで（それが本人の希望なので）贈ってやるのが慣例になっている。これまでイギリス文学から探すことが多かった。そろそろ種切れになって、去年の秋は全部で七冊の『モンテ・クリスト伯』を南足柄宛の宅急便のなかに入れてやった。

長女の手紙によると、夕食のあと台所の片附けをしながら、いったいどんなふうにしてエドモン・ダンテスが島の監獄を脱出するのに成功したかを、身ぶり手ぶり入りで子供らに話して聞かせてやると、みんな大喜びしたというのである。

つまり、病気で死んだファリア司祭のなきがらを秘密の通路を通って自分の独房に運び込んでベッドに寝かせ、こちらはファリア司祭に成りすまして、そのなきがらを収める袋の中にもぐり込み、首尾よく監獄から外界へ出たものの、墓地に埋められるものとばかり思っていたのに、鉄の重石を袋に縛りつけられ、崖の上から海へ放り込まれる。その瞬間、自分が死んだファリア司祭であることも忘れて、思わず大きな叫び声を上げ、海がシャトー・ディフの墓場であったことを覚るという劇的な場面までを彼女は台所で演じてみせたのであった。そこで、Dデイの回想のなかの、六人部屋で会った男の人が、よくあそこから出て来られましたねといって泣き出したくだりで、聯想は無実の罪で十四年もシャトー・ディフの監獄に囚われの身でいたエドモン・ダンテスへとつながったというわけ

だ。その人は、

「私があそこから虎の門へ来た第一号です。あなたが第二号です。あそこにいたら直るものも直らないと思って、必死になってこちらへ移ったんですよ。ここは看護婦さんが親切で、親身になってやってくれますよ」

といった。では、ここらでDデイから離れてはじめの長女の話に戻ることにしよう。

病院からの帰り道の夜の町の景色が出たついでに、私は梶ヶ谷の虎の門病院分院へ毎日来ていた頃、帰りは向ヶ丘遊園を何時ごろに出る小田原行きロマンスカーに乗っていたのかと訊いてみた。

五時に向ヶ丘遊園発のがあって、溝の口にいたときはそれに間に合せようとして必死になっていたのと長女はいった。そのロマンスカーの前に四時五十八分くらいに各駅停車が来る。ということは、登戸から向ヶ丘遊園まで一分くらいだから、南武線で来て、四時五十七分ごろに登戸を出る各駅停車に飛び乗れば間に合うの。ところが、それがもう……。(どんなにそれが難問題であったかということを長女は、それがもうといっただけで表してみせた)

虎の門へ移ってからも、最初は溝の口のときのつもりで五時発のに間に合せようとしたけど、面会時間が虎の門は三時からなの。溝の口は一時からだったからよかったけど、虎の門では病院へ来るのが三時過ぎているから、ちょっと用事をしていたらすぐに四時ごろになってしまう。向ヶ丘五時発に間に合せようと思ったら、来てすぐに帰らないといけない。少しでも病院にいてお母さんの手伝いをしたいのにそれが出来ない。それで五時発に間に合せるのは無理だから諦めて、町田から三十分おきに出るロマンスカーがあるので、それに切替えた。それも少しでも長く病室にいて、きりのいい時まで手伝ってから帰りたいと思うから、この町田発に切替えてからもだんだんだんだん遅いロマンスカーになって行った。

虎の門のときは、とにかく病院を出たとたんにだあっと走るの。不思議なもので、病院出るまではなるべくここにいたいと思って時間を引き延す。ところが病院を出たら一刻も早く家に帰りたくて走る。梶ヶ谷の駅のそばまで来ると、電車が入って来るのが見えていることがある。走りながらポケットから百円玉を出して、自動販売機で切符を買えるように用意して、走ってるのが見えた電車に飛び乗ることが出来るときもあるの、運がよければ。

梶ヶ谷の場合は、階段を下りるだけでいい。それが乗換えの溝口に着くと、今度は階段を走り下りて、田園都市線の駅から南武線の駅まで離れているから、その道の雑踏のなかを走り抜ける。人混みの中を走り抜けるのに、身体が真正面を向くと通り難いから、斜めにして（と長女は片方の肩を突き出すようにしてその構えをやってみせた）走り抜ける。背中に民夫をおんぶしているから、走り難い。

次に南武線の溝口駅の改札を入って階段を駆け上って、駆け下りる。登戸に着いたとき、小田急の方へ行く出口にいちばん近いドアのところに乗る。丁度ラッシュだから、駅に停るとき、そのままじっとしていれば奥へ奥へ押し込まれる。だから、駅に停る度に必ずいったん下りて、いちばんあとから乗ってドアにぴったりくっついているの。でないとどんどん奥へ送り込まれるから。そして、その間、頭の中で、間に合うかな、間に合わないかも知れないと絶えずそのことばかり考えている。

溝口から登戸まで十四分か十六分かかる。あの頃は正確に分ってたけど。きりのいい十五分ではなかった。それで今度、登戸に着いたとき、改札が南武線を出るところと小田急線に入るところと二つある。そこを駆け抜けて最初の階段を駆け上ってうまく各駅停車に滑り込んだときの嬉しいこと、嬉しいこと。各駅が出たところでそのしっぽだけが見えているときは、わあーとがっかりする。しっぽだけは向ヶ丘遊園までずっと見えているから、余計情ない。

何回くらい遅れたかなあ、六回に一回くらい遅れていた。病院をちょっと早く出ればいいんだけど、どうしてもぎりぎりになる。

ここで私は病院を出る間際は、いったい何をしていたのかと長女に尋ねてみた。今更そんなことを訊いてみたところで仕方が無い。長女が話しているのはまる一年前に起ったことなのだから。それを承知の上で訊いてみずにはおられなかった。

病院にいる間に夕食が上って来るの。お父さんが御飯を食べるでしょう。終ったら車椅子を押して便所へ行って、洗面所へ行って歯を磨いて、顔を熱いタオルで拭いたのかな。それからパジャマに着替えてベッドに寝て、次の朝着るシャツやトレーニング・シャツ、トレーニング・パンツなんかを畳んで重ねておく。悪い方の左手の下に枕を一つ入れて、カーテンを引いて、おやすみなさいといって帰るの。それがきりのつくまでいたいし、そうしたらどうしても遅くなってしまう。お母さんが、いいから早く帰りなさいといったんだけど。こちらはせっかく往復四時間半もかかって南足柄から来ているのだから、少しでも長くいて役に立ちたいという気持があった。

それから、面会時間が三時からで、病院へ着くのが遅い代り、午前中に家の用事をする時間がたっぷりある。夕御飯も全部作っておくし、洗濯も出来る、子供は学校から帰ったら、土間のだるまストーブを焚いて、作ってある夕御飯を食べて、雨戸を閉めて風呂へ入って、ちゃんとやっていた。病院の食事をお父さんが少ししか食べない。それをタッパーに入れると、やわらかいものばかりだから、民夫の離乳食に丁度いい。持って帰ってロマンスカーのなかで食べさせていたから、帰ってから民夫の分をしなくてもいい。それで虎の門のあとの方になると、最初のころほど帰宅の時間を気にしないでもよかった。町田を七時に出るロマンスカーに乗れば家に九時までに着いたから、それに乗ることが多くなった。

バスには乗らなかったのか。私は別のことを訊いた。

梶ヶ谷から向ヶ丘遊園行きのバスが出ていた。それだと乗換えなしの一本道で、駅の階段を駆け上ったり駆け下りたりしなくてもいいから楽なんだけど、このバスが時間通りに来たことが無いバスなの。(そういって長女は、途方に暮れたという表情をしてみせた)帰りはボーリング場の少し先へ行ったところにバスの停留所があって、そこから乗る。それがもう来るかなーと思って待っていたら、出て来るのはなんの関係もない大きなトラックばかり。二十分も三十分も来ない。これなら電車にすればよかったと思って、諦めて梶ヶ谷の駅の方へ走って行くと、電車も間に合わない。たまに珍しく時刻表通りに来たので喜んで乗ったら、道路が大渋滞で、動かないからいらいらする。バスは駄目と分った。電車に乗っている間も、いつも時計を見ながら頭の中で時間を計算して、間に合いそうかどうかとはらはらしてばかりいた。

そんな目に合っていると分っていたら、早く帰るようにいったんだけど。いや、やっぱり無理かな。すると、長女は笑いながら、無理無理といった。溝の口にいたときも、大体、一通り世話をして、差当って用事が無くなったときとか、あつ子ちゃんやミサヲちゃんが来てくれたときなんか、屋上へ行ってもいいと訊くと、お父さんは、

「ああ、行って来い、行って来い」

というんだけど、そういっておいて、

「長くならんように」
といった。必ずそういった。だから、やっぱり、用事は無くてもそばにいる方がいいみたいだった。それでも、屋上から戻って来たとき、長かったなといわれたことは一度も無かったし、時計を見て時間を計っておられる様子も無かったと長女は附け加えた。

長女の話のなかに虎の門病院分院へ移った最初、部屋が空くまで取敢ずここにいて下さいといわれた六人部屋のベッドの隣りのおじいさんの枕もとにカレンダーがあって、それも病室の飾りになっていたというのがあったが、四人部屋へ移ってからこちらもカレンダーを作ることになった。或る日、担当の石川誠先生が妻に会ったとき、病院にいると日にちが分らなくなるので、カレンダーを作って、一日一日消してゆくようにしたらいいですねと話した。そうだ、もっと早く気が附けばよかったと思って、その夜、家に帰った妻が長男の使っていた机の引出しを開けて探してみたら、古い画用紙が出て来た。それで枠を作って日にちをマジック・ペンで書き入れた。取敢ず十二月分一枚をこしらえた。まだ入院の期間がどのくらいになるか分らない。はじめは六カ月といわれ、もう少し短くなりそうだとしても三カ月はかかるかも知れない——そういう気持でいた頃だから、カレンダーをこしらえながら、あと何枚、こんなふうにして作ることになるかなあと妻は思ったという。

次の日、病院へ持って来た。押ピンもセロテープも使ってはいけないので、看護婦が教えてくれた、注射のときガーゼを止めるのに使う透き通ったテープをナース・ステーションで借りて枕もとの壁に止めた。妻の話によると、長女が来て、カレンダーを見るなり、何か季節感を出したらいいねといい、溝の口にいたときにお守りと一しょに持って来た大雄山の紅葉を思い出し、それを添えることにした。大雄山の紅葉は前にいったようにグリーティング・カードの箱に入っていた。はじめは楓の紅葉だけだったが、その後、長女が南足柄の家のまわりで拾った銀杏の葉や桜紅葉を持って来て数が増えていた。それを取り出してカレンダーのまわりにセロテープで貼ったら、ぐっと季節感が出て、よくなった。部屋へ入って来た看護婦が、きれいですねと感心して眺めていた。

長女が最初ハンカチに包んで持って来たときは、しっとりとして冷たかった紅葉も、今はからからに乾いて、尖った葉の先が縮れ、桜紅葉などは細長くなった先の方は巻き上ったようになっていた。それでも手作りのカレンダーに色どりを添えるのに役立った。

或る日、病室へまわって来た若い方の土田先生が、あと何カ月ぐらいで退院と思いますかと尋ねた。一、二カ月ですかと答えると、いや、三カ月ですねといった。リハビリテーションの成績がよく、受持の訓練士の先生から、あんまり進み方が早いのでこちらがついて行けませんわと笑いながらいわれたりしていたので、入院の期間が最初予想された六カ月よりも大幅に短縮されそうな気配が感じられていた時分ではあり、私は一カ月といいたいところを辛抱して一、二カ月と答えたのだが、若い土田先生の返事は、どっこい、そう甘くはありませんよ、といいたげな口ぶりであった。

やがて年内に退院、その日が十二月二十七日と決まってからは、妻が病院から帰る前、仕残した一日の最後の仕事のようにマジック・ペンを取って枕もとの手作りカレンダーの今日の日附を×印で消すのを見るときには、喜びがあった。二十七日のところは丸印で囲ってあった。

枕もとの壁にカレンダーを飾ってから、妻は溝の口にいたとき長女が紅葉と一しょに持って来てくれた大雄山の青い袋に入ったお守りをカレンダーのすぐ下のベッドの枠に吊した。こうして私は長女が好きで日頃から何かというとお参りに出かける大雄山最乗寺のお守りと紅葉で縁取った手作りカレンダーに枕もとを「にぎにぎしく」飾って貰って、いわば大雄山の山の霊気を身近に感じながら退院までの一日一日を送ることになった。

作業療法室

梶ヶ谷の虎の門病院分院では入院した日に自分用の車椅子が一台与えられた。妻は小さな座布団を買って来て、紐を附けて車椅子に括りつけた。病院ではトレーニング・シャツとトレーニング・パンツが患者のユニフォームのようになっていて、リハビリテーションの訓練を受けに行くときはこの服装でなくてはいけない。虎の門へ移った日に妻は先ずトレーニング・シャツとトレーニング・パンツと運動靴を持って来て下さいといわれ、それぞれに名前を書き入れたのを用意した。車椅子の座布団にも3F庄野と名前が記入された。

三階脳外科病棟の廊下は、車椅子を動かして行く患者の往き来で賑わっている。入院生活の長い人が多いから、みんな車椅子の扱い方に馴れている。廊下で立ち往生してまごついているような患者は一人も見かけなかった。進むのも退くのも方向転換をするのも、意のままである。なかには（廊下が混んでいないときに限るが）素早く両手を動かして、まるで自転車競走の選手か何かのように廊下を一目散に走らせて行く者がいた。高校生くらいの年恰好で、いったいどこが悪くて入院しているのだろうと思われる顔色、身体つきをしていた。それでもどこか悪いところがあるから、こうして車椅子に乗って病院のなかにいるに違いない。誰も遊び半分に車椅子を走らせるために入院なんかさせてはくれない。はた目には見当もつかないが、厄介な病気に取りつかれたのかも知れない。

もしどこも悪いところが無くて、同じ年頃の少年に混って外界で暮しているなら、オートバイを乗りまわしていそうな子である。それが不運にも病院へ入れられて、多分、それもかなり長くなるのだろう。ここではスピード狂の仲間はいない。廊下を大変な勢いで車椅子を走らせてゆくのは、この少年一人きりである。そうしてほかの患者にしても看護婦にしても、もはや驚いたように彼の全速力の疾走を見守りはしない。ぽかんと見送っているのは、私ひとりだけであった。おそらく彼がこんなふうに人気のない廊下を車椅子を走らせるようになったのは最近始まったことではないに違いない。三階脳外科病棟では取り立てて物珍しい眺めではなかったのだろう。

この少年は特別として、みんなそれぞれ自分の車椅子に馴染んでいる様子がその操縦ぶりで分った。私はせっかく入院したその日から自分用の車椅子を与えられ、妻が名前入りの座布団を座席に括りつけてくれたにも拘らず、その車椅子になかなか馴染もうとしなかった。車椅子に乗ることは乗る。うしろから看護婦が押してくれなかったら、自分で動かしてみようとする。ところが、熱心ではない。仕方なしに動かすだけで、すぐに止ってしまう。私の車椅子は曲ろうと思う方向へなかなか曲ってくれない。私が入ろうとする部屋の戸口にぶつかる。いったんバックして、また進んでみる。またもや戸口にぶつかる。構わずに進もうとすると、戸口をこするようにしてやっとのことで室内に入る。

私は廊下で屢々立ち往生する。両方の手を休みなしに動かさないことにはどこへも行かない。それは分っている。分っていながら、私は手を引っ込めてしまう。すると、私の上半身は車椅子の座席に乗っかったまま、前へ傾いてゆく。それも不自由な左手、不自由な左足の方寄りに傾く。右の方へは傾かない。

立ち往生するだけでもみっともないのに、まだその上に身体が斜めに傾いてゆくのだから余計みっともない。のみならず、そんなとき、私の口は少し開いていることが多いのではないかと思われる。傾くつもりではないのに、身体が自然に前のめりになり、それにつれて、口もとがゆるんで開くのである。

リハビリテーションのP・T室（理学療法室）で訓練を受けている患者のなかには、例えばマットの上の俯せの姿勢で、訓練士の先生に指示された動作に移ろうとしながら、なかなか始められなくて、口を開いたままでいる男の人を見かけることがあった。何とかしようという気持はあるのだが、悲しいことに身体が思い通りにならず、口だけ開いてしまうのである。

やる気がないように見えるが、やる気がないのではない。必死になってやろうとしているのだが、口もとがゆるんで開いてしまうのだ。あるいはこれは脳卒中の患者の特徴であるのかも知れない、開こうと思っているわけではないのに、口がひとりでに開いてしまうのだろうか。

溝の口の病院にいたとき、あれはまだ重症室にいる時分であったか、ベッドのそばにいた長女が、歯をかみしめて下さいというふうに私にいったことがあった。いわれた通りにすると、長女は、そうそう、それでお父さんらしくなったといって喜んだ。多分、私の口が開いたままになっているのを見かねて、しっかり口を閉じていてくれるようにと註文したものであったのだろう。長女にしてみれば、だらしなく口を開きっ放しにしている父を見るのは心細かったに違いない。そうか、歯をかみしめるのか。お安い御用だと私は思った。だが、忘れずにいつも口をしっかりと閉じていたか、どうか。長女から口を閉じていて下さいといわれたのは、そのときの一度だけであった。

リハビリテーションのP・T室、O・T室（作業療法室）へは、訓練の時間が来ると、看護婦が来て、車椅子のまま連れて行ってくれた。O・T室は同じ三階にあるので、訓練が終ると自分で車椅子を動かして病室へ帰ったが、一階のP・T室では担当の嫁兼先生が三階のナース・ステーションへ電話で連絡して、看護婦が迎えに来る。車椅子のままエレベーターに乗せて三階に上り、ベッドまで送り届けてくれるのである。P・Tの訓練はたい

がい午前中で、九時から始まる。すると、その五分くらい前には必ず看護婦がやって来て、

「庄野さん、P・Tの訓練があります。さあ頑張って行きましょう」

とベッドにいる私に声をかける。訓練があるのに忘れているということは無い。また、面倒だから今日はすっぽかしてやれと訓練を受けずにベッドで眠っているということも出来ないようになっている。若い看護婦から、

「さあ頑張って行きましょう」

と朗らかな声がかかると、ガンバラねばならないようになっている。いや、今日は気分が乗らないから一回お休みにします、とはいえない。また、訓練を受けている途中で便所へ行きたくなったりするといけないので、看護婦のなかには、P・T室、O・T室へ向う前に手まわしよく手洗いへ連れて行ってくれる人もいる。至れり尽せりなのである。

リハビリテーションを受けるために苦労してこの病院へ移ったのだから、たった一回でも大事な訓練の時間を怠ける、あるいは怠けないまでも、ああ、面倒だなあ、ここで寝ている方がいいと考えるなどというのはもってのほかのことなのだが、物事は理屈通りにはゆかない。一時間ほどのP・T室での訓練が終ってベッドまで送り届けられると、大仕事を果したように、あとは眠り込んでしまう。何もしなくても眠い気分でいる。そこへP・T室でいろいろやらされて来たものだから、くたびれ果てている。

いや、病室へ戻ってから眠る分には誰にも迷惑はかけないからいい。実をいうと、私はP・T室で訓練を受けている最中にうっかり眠ってしまって嫁兼先生を呆れさせたことがある。マットの上でする動作には難しいものが多かった。自然、時間がかかる。先生は一人で何人かの患者を受持っているから、私ひとりにずっと附き切りでいるわけではない。練習しておいて下さいといって、ほかの患者の方へ行く。こちらはその間にちょいと一休みしようと考える。マット体操をする患者のために小さな枕があたりにいくつも転っている。黄色の枕カバーに入った薄いもので、決して寝心地はよくないのだが、その一つを拝借して頭を載せた。居眠りしようというつもりはなかったのだが、嫁兼先生がそばへ戻って来たのに気が附かなかった。

御免なさい、眠ってしまって、と私は謝まった。すると若い嫁兼先生は、何とかさんはねとほかの患者の名前をいって、

「いびきをかいて眠ってしまわれたんですよ」

居眠りだけならまだ罪は軽い方ですよ、という口ぶりで、気を悪くされた様子は無かったから助かった。上には上がいるものだな、訓練中に居眠りをするばかりか、いびきまでかくとは、と私は感心した。実際、担当の先生がちょっとほかへまわっている間に、指示された動作の練習をしていなくてはいけないのに枕に頭を載せて眠り込んでしまうとは不真面目もいいところで、いびきをかくかかないはさほど大きな違いではないといえるかも

知れない。

車椅子に乗っていて、だんだん上体が前へ傾いてゆくのも、口が開いてしまうのもみっともないが、リハビリテーションの訓練中のちょっとした隙に眠り込んでしまうのもみっともない。そういえば退院の一週間ほど前にこんなことがあった。私がベッドに腰かけていると、掃除の小母さんが入って来て、

「随分元気になられましたね。入院されたときと別人のようですね」

といった。私は、いや有難う、お蔭さまでねと礼をいってから、

「それが、入院したとき、どんなだったか、覚えていないんですよ」

すると、掃除の小母さんは、

「そうですか。赤ちゃんみたいでしたよ」

といった。

退院の日が間近で晴々とした気分でいた頃であったから、気にとめなかったが、赤ちゃんとはうまくいったものだ。すべてあなた任せのぐにゃぐにゃだから、実際、赤ちゃんとでもいうよりほかなかったのかも知れない。それが皆さんのお蔭でここまで回復できたのだから有難い。

P・Tは午前中、午後は一時から作業療法室のO・T室の訓練があった。これは三階の

エレベーターの乗り場の向いに部屋があった。P・T室の方は平行棒があったり、マットが敷いてあったり、移動式の姿見があったりして、体育館のようであったが、O・T室の方は狭いところで患者がそれぞれ与えられた作業をしているから教室の片隅といった趣があった。習字をしている男の人がいる。貼り絵をしている婦人がいる。遊戯盤のようなものを前に赤や黄色の駒をつまみ上げては穴に嵌めたり外したりしている人がいる。

はじめてO・T室へ連れて行かれた日に与えられた作業を覚えている。車椅子から細長い机のそばの腰かけに移る。机の上には女の子のするお手玉のたまがひと山かためて置いてある。そのお手玉のかたまりを机の向うからこちらへ一つずつ、悪い方の左手を使って移して下さいというのである。左手で一つ、つまみ上げる。手前へ持って来る。次の玉をつまみ上げる。よいしょ。さあ、次の玉だ。よいしょ。机の向う側のお手玉は全部こちらに移した。訓練士の落着いた、穏やかな女の先生（高橋直子先生という名前だ）に、終りましたというと、それでは今度は元へ戻して下さいといわれる。何だ、そんなことかと思ってはいけない。私は一つつまんで机の向う側へ移す。よいしょ。次のをつまみ上げる。よいしょ。やわらかいお手玉を左手の指で挟んで、持ち上げる。運ぶ。下す。何でもないことに見えるが、この動作を確実に、そうして早くしなくてはいけない。この左手は脳出血によって麻痺した手なのだ。普通ではない。私の手の動きには、注意して見れば、どこかぎこちないところがあるかも知れない。三つ目を移す。次はどのお手玉だ。こいつだな。よいしょ。私は病室へ戻ってから妻に打明け話をしたのだが、途中で焦れったくなって、使ってはいけない右の手を出して、お手玉をいくつか一遍に摑んで移すという横着なことをした。それを聞いて妻は笑った。

あとはどんなことをしただろう。束ねた紙を左手で持って下さいといわれた。左手の指で挟むようにして持つだけのことなのだが、これは出来た。最後に高橋先生からいわれたのは、

「左手を出して、その手で左の耳を触って下さい」

左手を出したのはいいが、耳を触ろうとすると、手がまるでいうことを聞かない。耳に触るどころか、全く持ち上げられない。砂袋を縛りつけられでもしたように私の左手は上らなかった。

溝の口の救急病院に入った最初の頃、長男が投げるゴムまりの方へ左手を突き出し、指をいっぱいに開いてその真中にまりを当てる練習をしたことは前にいった。麻痺した左手のためのリハビリテーションである。ゴムまりに掌を持って行って当てるのが精いっぱいで、まりを摑むのは無理であった。ベッドに寝たままの姿勢で左手をゴムまりの飛んで来る方へ突き出すのだが、あれは出来た。あの、飛んで来るゴムまりの方へ素早く手を出す動作と、手を上げて耳を触るのとでは、使う筋肉が全く違っていたのだろうか。ゴムまりの方は出来たが、こちらは出来ない。

Ｏ・Ｔ室へその後一月通っているうちに、この「左手で耳を触って下さい」という課題は二度と与えられなかった。それに近いものとしては、次のようなのがあった。

Ｏ・Ｔ室の机の上に大きな腕木（というのだろうか）が置かれてある。途中で折れ曲って角度を好みのままに調節できるようになっているのだが、その腕木の先は斜めに天井を向いている。首が無いから人形ではない。だが、雰囲気としては『ピノキオの冒険』の操り人形の人形のようである。

その腕木をどうするかというと、輪投げの輪をひとつ渡されて、腕木の斜めに伸びている腕の先まで持って行って、輪を通すのである。何も複雑なことをするわけではない。ただ、腕木の先に輪を通すためには、その高さまでこちらの腕を持ち上げなくてはいけない。それによって悪い方の手を使う訓練に自然になるわけであった。

私はアメリカ人のヘンリーさんがこれをやらされているところを見た覚えがある。いい体格をした、生真面目な表情のヘンリーさんとこの腕木との対照は何となくおかしかった。ヘンリーさんとはＰ・Ｔ室で一しょになったことは無く、Ｏ・Ｔ室で会ったのもこのときだけであった。病気は私と同じ脳内出血で、出血した場所も頭の右側だと聞いている。発病したのが私より一月早い十月で、私とほぼ同じ時期に杖をついて歩く練習を始め、私が退院した翌日の十二月二十八日に退院してアメリカに帰国した。

私は最初、ヘンリーさんが日本へ旅行に来ていて、旅先で発病したのかと思ったが、そうではなくて、日本の企業（日立製作所といったのだろうか）に勤務しているアメリカ人であった。日本の病院ではやはり不自由な点があるのか、アメリカへ帰って療養をつづけることになった。

ヘンリーさんのところには、しっかり者の奥さんが毎日やって来て、そばに附いていた。或る夕方、妻が私をパジャマに着替えさせようとしていたら、ヘンリー夫人が入って来ておしゃべりをして行ったが、そのとき、ここはいい病院でドクターもナースもとてもいいが、英語を話さないのでコミュニケーションが無い、早くアメリカへ帰りたいといった。

また、私が退院する三日ほど前にヘンリー夫人が来たとき（この日、二十八日にアメリカに帰ることを聞いたのだが）、杖をついて歩くには日本の歩道は人が混み合い過ぎていて危険だ、アメリカはあんなことはないといった。ヘンリーさんはアメリカのどこの州の何という町へ帰ったのだろう。それは聞かなかったので、知らない。

妻は一階のP・T室の前の廊下の平行棒につかまってヘンリーさんが歩く練習をしているところを何度か見たことがあるといっている。夫人がそばに附いて励ましているのだが、ヘンリーさんは泣き出しそうな顔をしていたそうだ。また一階のエレベーターの横の階段を杖をついて上る練習をしているところも見かけたといっている。

私は最初、洗面所で歯を磨いているヘンリーさんに会ったとき、しっかり者の夫人が毎日、病院へ来ていることを知らなかったから孤独な外国人の患者がいると思った。アメリカ人だというのは看護婦から聞いた。そこで私はヘンリーさん宛の簡単なノートを妻か長女に届けさせることを空想して楽しんだ。その内容は、同じ階に、三十年近い昔、あなたのお国のオハイオで一年間を妻とともに過した日々をなつかしく思い出している者がいることをお知らせいたします。御回復の早からんことを祈りますというものであった。だが、これは実行が容易であるだけに、前にいった、二次災害を起さないように注意せよという家族宛の英文による司令官布告のときほど私を熱中させなかった。

それに、実際にヘンリーさん宛のノートを妻か長女に持って行かせるよりも前に、花や果物をヘンリーさんのところへ妻が届けたときに話したり、洗面所で顔を合せたときに私が話しかけて、いわばなし崩しに、ノートのなかに書こうと思っていたようなことは全部伝えてしまった。従って最初に私たちのことを聞いたヘンリーさんが大変驚いたという印象は残っていない。また、ヘンリーさんにしても私にしてもリハビリテーションの訓練に出て行くとき以外は自分の病室のベッドにいたから、同じ三階脳外科病棟の近所の部屋にいながら、度々顔を合せていろんな話をするというふうにはならなかった。

妻はお見舞いに頂いた花がいっぱいになったとき、ヘンリーさんのところへ持って行って上げたりしたので、夫人と顔を合せると立ち話をするくらいになっていた。私も妻も知らぬ他国で夫が脳内出血で倒れてどんなにか心細い思いをしただろうという気持でいたわけだが、ヘンリー夫人はヘンリーさんが飛行機に乗ってアメリカへ帰ることの出来る身体になるまで夫を励ますことしか念頭に無く、その点ではまことに雄々しい女性であることがだんだん分って来た。

それに一つ困ったのは、ヘンリー夫人の話し声が大きかったことだ。病室の入口附近で妻に会うと話しかける。その声が部屋の中まで聞えて来る。おそらくふだん英語でしゃべりたくても相手がいないので鬱屈していたのがこのとき爆発するのだろう。私は同室の吉岡さん、原田さん、田村さんや見舞いに来ている家族の方に耳ざわりではないだろうかと気になった。そこで妻に向って、ヘンリー夫人の声は、ベッドで休もうとしている人の耳には少々強く響き過ぎるから、廊下で会ってもちょっと挨拶する程度で別れるようにして、夫人にいつまでもしゃべらせないようにした方がいいと苦情をいわなければならなかった。

妻がつけていた日記によると、最初に妻が長女の手作りのラム酒入りのケーキに林檎を添えて隣りの部屋のヘンリーさんへ届けたとき、ヘンリーさんは夫人を相手にトランプをしていた。妻は、私たちはオハイオにいましたといった。ヘンリーさんは（自分が病気になったので）妻が可哀そうだ、クリスマスになるのにといった。

その後、妻は廊下でヘンリー夫人に会ったとき、ヘンリーさんはどこで発病したのですかと訊いてみた。日光へ行ったとき、車内で、と夫人は答えた。ところが幸運にも同じ車内にドクターが二人いて助けてくれた。そんなことを話した。

　ヘンリー夫人は毎日、自宅から病院へ来ていたのだろうか。妻が病院へ着いて玄関から一階のエレベーターの方へ来ると、P・T室の向いの廊下の平行棒でヘンリーさんに歩く練習をさせているのによく会ったから、面会時間よりも少し早目に来ていたようだ。帰るのは妻と大体同じくらいであった。ほかに見舞いに来る人は見かけなかった。一度、ヘンリーさんのいる病室の前を通ったとき、ヘンリーさんは車椅子に腰かけて食事をしており、ヘンリーさんのベッドに息子さんらしい少年が寝ているのを妻は見かけたが、夫人以外の家族を見たのはそのとき一回だけであったという。

　ヘンリーさんの退院の日が近づいた頃、或る日、会社の同僚か上役らしい人が五、六人、かたまって廊下を通って行った。全部、日本人であった。ヘンリーさんの病室へ入って行くところを見たわけではないが、連れ立って廊下を歩いて行く姿を見たとき、ああ、ヘンリーさんの会社の人がお別れの挨拶に来たのだなと思ったのは、帰国の日まであと数日というときであったからだが、この背広服の人たちが連れ立って歩く様子がいかにもヘンリーさんに会いに来た客らしく見えたのであった。

　クリスマスの翌日、妻が私のベッドのそばにいるところへヘンリー夫人が来て、一つ一つの菓子が小さな包みに入ったプティ・ケーキの箱を見せて、さあ、好きなのを取りなさいといった。それまでにこちらから届けた花や果物などのお返しのつもりらしかった。頂くばかりで自分の方からは差上げられなかった、今日はいい物があります。さあ、どれでもお好きなのを取って召上って下さいという気持が溢れていた。お礼をいって三つほど頂戴した。妻はおいしかったといっている。

多分、同じ日であったかも知れない、看護婦のなかの古株の本田さんが私のところへ来て、ヘンリーさんからクッキーの箱を貰ったんです、預かっておきますというのはどういえばいいんですかと訊いた。つまり、好意は有難くお受けしますが、患者から頂き物をしてはいけないきまりになっていますので、というのだろう。お世話になったお礼にといって差出されたクッキーだから、サンキュウといって頂いておけばいいじゃありませんか、クッキーぐらい貰ったってどうということはないでしょうといいたかったが、そういうわけにもゆかないから、そうですね、ボスに話してみます、それまでちょっとお待ち下さいとでもいえばどうでしょうといったのであった。

ではこの辺でもう一度、O・T室のリハビリテーションの話へ戻り、ほかにどんな手仕事をこの部屋で課題として与えられたか、思い出してみよう。

遊戯盤といえばダイアモンド・ゲームくらいしか私はしたことが無い。あれは相手の駒の上をひとつ置きに跳んで行って、反対側の陣地に駒を早く揃えてしまった方が勝ちではなかったか。そういうのではない。盤に穴が並んであいている。そこへ駒の脚の部分を嵌めて、立てる。これを左手を使ってする。全部並べて嵌め終ると、今度は一つ一つ抜いて元へ戻す――というようなのが多かった。入り組んではいないから、考えることは無い。

ただ、黄とか赤とか色のついたそれらの駒は小さな、軽いものだから、急いで扱うと指先から滑って盤の上を転がる。あるいは指で飛ばされて盤から外へ転げ落ちる。そうならないように気を附けなくてはいけない。

悪い方の左手の指先をこまめに丹念に動かす訓練なのだが、これは気が急いてはうまくゆかない。まだるっこくても、落着いて、注意深く駒を動かさないと失敗する。指先の訓練ばかりでなく、根気と集中力の訓練にもなる作業であった。

駒の脚の部分の細い金属の柱を穴に嵌めるのも、簡単に見えて、力の入れかたにこつが要る。そうして、何といっても一度麻痺した左手を使ってするのはやさしくない。

遊戯盤と駒を与えられてするこれらの仕事は、単調ではあったが、細かな手仕事を丹念に仕上げる快さが無かったわけではない。高橋先生が遊戯盤を持ち出して来て、私の机の上に置くと、またかと思いながらも、今度は何をするんだろう。まだ新手があるのか、よく次から次へと考えつくものだな、さあ、いって下さい、何でもいわれる通りやってみせますよ、という気持になるのであった。新手がいくら出て来ても、私は飽きなかった。

若い女の患者で、貼り絵専門のように、貼り絵ばかり与えられている人がいた。それはちょっと見ただけでも難しそうであった。ちいさくちぎった、着色してある紙きれを風景画の中の然るべき場所へ一つ一つ置いてゆく。あれは糊をつけて貼りつけていたのだろうか。指先の訓練といっても、これは遊戯盤などと違って、うんと器用でなくては出来ない。芸術的な感覚も要求される。あんなのをやらされたら困ると私はひそかに心配していたが、幸いなことに高橋先生は一回も私のところへ貼り絵を持って来なかった。

積木のような、小さな、四角の板を与えられて、それを左手の親指、人差指、中指で挟んで、残りの指も適当に板の面に触れながら回転させてゆくというのがあった。親指、人差指はよく動くけれども、中指、薬指となるとあまり動きたがらない。それを使わない指が一本も無いように活動させるのが狙いのようであった。私の指がまごついているのを見ると、こんなふうにといって、高橋先生がお手本をしてみせてくれる。なるほど積木の板は、先生の細い指先を伝って滑らかにまわる。滑らかさが違う。それに私の場合のように、親指、人差指が目立って動くのではなく、ほかの指も同じように参加しているのが分る。

このようにO・T室での訓練は、麻痺した方の左手の指先をこまめに動かす作業が殆どであったが、その間には（あとの方になって）短い、すべすべした棒を渡されてする体操も含まれるようになった。これは左手首、左腕、左肩の機能の回復のための訓練であった。

棒の両端を持って、一度床の面に棒をくっつけるようにして、屈めた身体を伸ばすのと同時に棒を頭の上へ持ってゆく——というのが多かった。狭いO・T室のなかでする体操だから、ほかの人に当らないように気を附けなくてはいけない。棒を持って体操することによって、肩より上の高さに上り難い左腕を、棒と一しょに上げてしまうのが、この体操の狙いであるように見えた。最初のO・T室の訓練の日に、左手を出して耳を触って下さいと高橋先生にいわれて、まるで金縛りに会ったように手が動かず、耳の高さに持ち上げることの出来なかった私の左手は、今ではこの棒体操で床へ一回着けた棒を頭の上まで一気に持って行くことが出来るようになっていた。いつの間に私の左手は回復したのだろう。

最初のO・T室の訓練で、左手で耳を触って下さいといわれて出来なかったとき、上げようとしてもまるで持ち上らないわが手の重さを、

「鉄筋コンクリートの建物の一階分の」

と、あとで妻に話したのを覚えている。だが、鉄筋コンクリートの建物の一階分とはいかにも現実味が欠けていると考え直して、あとになってから「砂袋を吊したように動かない」といい直したのであった。だが、自分の耳を触ろうとして、まるで左手が上らないのを知ったときに私の味わった失望と悲哀の入り混った情ない気持を表わすには、砂袋をいくつ持って来るよりも鉄筋コンクリートの建物の一階分という、捉えどころの無いものを持って来た方がまだしも似合っているような気がする。

私の左腕の機能がいつ頃回復したのか分らない。十二月の半ばを過ぎたころ、しつこか

った下痢が止るにつれて体力が一日一日回復して来るような気がした時期がある。或る日、病室へ来た若い方の土田先生が私のベッドと部屋の反対側の原田さんのベッドとの間の窓際へ腰かけを二つ持って行って、向い合せに坐って腕のテストをした。左手を（いわれた通りに）私が動かすのを見て、

「僕が本院の方へ行っていて、四、五日こちらへ来なかった間にこんなに回復するとは」

といった。信じられんなあという口ぶりであった。

「この前、左手を前へ出して下さいと僕がいったら、どうやって出すんですか、右手で摑んで持ち上げるんですかといったでしょう」

土田先生に左手を前へ出してといわれて、当惑したのは覚えていなかった。私は左手首を右手で摑んで引張り上げるようにして前へ出すのですかと尋ねたらしい。その難物の左手がこの日は何でもなしに前へ出た。おそらく椅子に腰かけたままの姿勢で、胸の高さへすっと持って行けたのだろう。

また或る日、窓際へ行った石川先生は、向い合せに椅子に腰かけている私に、床に着いた左足の運動靴の底で（踵を着けたままで）床をトントン叩くようにして下さいといった。私の足はすぐに動き出した。

「よろしいですね」

これが出来るようになればもう大丈夫ですと石川先生はいったのだろうか。次に右足、

また左足。どちらも同じように床を叩く。軽快なリズムで動く。

　O・T室での訓練のなかにボタンをとめたり外したりする作業が入って来たのは、年内退院の予定が決まりかけた頃であったような気がする。これはいい方の右手も一しょに使わないと出来ない。せっせとボタンをとめる。あるいはボタンを外しておいて、とめる。ボタンならお任せ下さいといいたいくらい、私は与えられたボタンを片っぱしから手早くとめたり外したりした。

　また、こんな体操をする。左腕を上げると同時に指先で自分の肩を触り、頭に沿って真直ぐ上へその手を伸ばす。次は逆の順序で左手を下す。つまり、下した手の指先で肩を触ってから下へ伸ばす。この左手の屈伸を一、二、三、四と口の中で唱えながら弾みをつけて行う。高橋先生は控室からストップ・ウォッチを持ち出す。右手で十回反復するのと左手で十回反復するのと時間を計って比べてみる。左手も右手と変りないくらいの早さで出来る。

　その頃、P・T室ではどんなことをしていたか。マットの上に足を横ににじらせて坐っている姿勢から左足を立てて立ち上る練習。左足を出したとき、足の裏でマットを蹴っているのが分る。マットの上の訓練では、このように坐っていて立ち上る、寝ている姿勢から立ち上るというのが多かった。自宅に戻って畳の上での生活をするようになると、これが自由に出来ないとたちまち困るからだろう。ところが、この寝ていて、あるいは坐っていてぱっと立ち上るというのがやさしくない。この動作になると、苦手意識が働くせいか、身体が硬くなってしまう。足の裏でマットをそんなに強く蹴らなくても、もっと楽に立ち上るといいのだが、楽にゆかない。

一度、坐っていて立ち上る動作の練習をしていたとき、近くにいた若い女の患者で毛糸の帽子をかぶったのが声を立てて笑ったことがあった。私の立ち上りかたがよほどぎくしゃくしていたのだろう。あるいは、それだけの動作をするのに私が物々しい顔になっていたのだろう。ふき出さずにはいられない滑稽なものが一瞬そこに現れたに違いない。それにしても、失礼千万というべきである。

ふき出さなくったっていいだろう。僕は道化の真似をしているんじゃないんだ。道化なら、笑ってもいい。笑ってくれると有難い。道化の練習じゃないんだ——といいたい。なるほど私が立ち上ろうとする動作には、おかしいところがあったのだろう。そんなに慌てなくてもいいのに、どうしてあんなに慌てるのか。慌てなければ、あんなにぎくしゃくした動きにならなくても済むのに、といわれても仕方がない。一回、麻痺した左足である。その上、一月以上寝たきりの生活が続いて足の筋肉の力が弱っている。だから、何気なしにすっと立ち上ることが出来ないのは仕方のないことなのだ、畳の上に坐っていて立ち上るのに、何もそんなに気張らなくてもいい。ところが、そうはゆかない。私は起き上る練習の一回ごとに、今度こそうまくやろうと思って緊張し、その結果、身体の動きはますます滑らかでなくなり、はた目にはふき出さずにはいられない滑稽なものになるのであった。

滑稽といえばこんなことがあった。O・T室へ外来患者として訓練を受けに来た人とたまに一しょになるときがある。もとは入院してリハビリテーションを受けていたのが、退院して、月に何回か定められた日に訓練を受けに来るのだろう。私も最初はその中に入る筈であったのが、最後になって、もう外来でリハビリテーションを受けに来なくてもよろしいと石川先生にいわれた。

普通はわれわれ入院患者と退院してから外来で来る患者とは、訓練の時間が重ならないようになっているのだが、都合で定められた時間に来られなくて、私たちのいるところへ来たのであったと思われる。こちらはトレーニング・シャツにトレーニング・パンツの「ユニフォーム」で訓練を受けているのに対し、外来の患者は外界の服装のままで外界の空気を持ち込んで入って来る。それがちょっぴり羨ましい。

一度、髪の薄くなった紳士が附添いの奥さんと一しょにO・T室に入って来た。担当の訓練士の若い女の先生が、その紳士に向って、あら、素敵なカーディガンを着ていらっしゃいますねというふうなことをいった。年配の人に似合う派手な柄の、厚地のカーディガンを着用に及んで現れた紳士は、

「銀座の——で買ったんだ」

といった。

ネクタイで有名な老舗の洋品店の名前を口にしたのだが、得意そうな様子であるのが無邪気でもあり、愛敬があった。この人自身、下町の商店街のどこかの店の御主人といった親しみのある風貌の人物であった。

年ごろの娘さんに母親が附添って来て、娘さんが与えられた作業をしているのをそばの椅子に腰かけて気がかりな様子で見守っている光景をO・T室で見かけたことがある。これは外来ではなくて入院患者であったのだろうか。いったいどこが悪くて入院したのか、どこをよくするためのリハビリテーションなのか。

三階の脳外科病棟には、はじめにいった、車椅子を自転車競走の選手か何かのように全速力で走らせる少年のように、何の病気で入院しているのか見当がつかない患者がいた。母親が附添ってO・T室へ来ているこの年ごろの娘さんにしても、あるいは外からでは窺い知れない厄介な病気を抱えていたのかも知れない。

ここでその娘さんがどんな作業をしていたのか思い出せるといいのだが、覚えていない。いずれ、手先をこまめに動かしてする仕事ではあったのだろう。仕事としては、みんな簡単なものであった。まさかこの年で脳血管の病気ではないだろう。だが、O・T室の訓練を受けなくてはいけないのだから、身体のどこかに麻痺があるのではないかと思われた。

同室の人

梶ヶ谷の虎の門病院分院の306号室で隣りの（廊下側の）ベッドにいた吉岡さんは、車椅子を動かすのが特別うまかった。

夜、消燈時間になってから、車椅子に乗った吉岡さんが自分のベッドのそばを離れて部屋の真中へ出て行く。手洗いにでも行くのかと思って見ていると、入口の方へ行かないでいったん止る。車椅子は廊下の方に向けたままにして、まるで思案でもするかのように往きつ戻りつする。

このまま行こうか、どうしようかとためらいながら車椅子をゆらりゆらりと動かしている。進むでもなし戻るでもなし、暫くそうやって車を遊ばせている。で、どうするのかなとこちらが見ているうちに、吉岡さんはやがて部屋を出て行くのだが、それは時間がたつうちに自ずと落着く先へ落着くといった具合に消えてしまうのである。吉岡さんが煙草を吸っていたかどうか、私は知らない。喫煙所はナース・ステーションの先、エレベーターの乗り場の方にあった。ひょっとすると吉岡さんは、寝る前の一服をしにそこまで出て行こうとしていたのかも知れない。

吉岡さんの動作を見ていると、どうしても今すぐに部屋を出て行かなくてはいけないという切羽詰まった様子は感じられなかった。大体のところはそこへ出向いて行くつもりだが、差迫っているわけではない。一目散に駆けつけなくてはいけない理由は無い。ここでちょっと間をおいてもいいんだ――と吉岡さんが考えているのではないか。そんなふうに見える。もしそうだとすれば、間のおき方がうまい。往きつ戻りつ、と私はいったが、それもあからさまに往きつ戻りつするのではなくて、いったいどうするつもりなのか、乗り手の意志が分らないような具合に進みかけたり、退いたりする。

車椅子の動きはどこまでも微妙である。こんなふうにして吉岡さんは、間のおき方に工夫をこらし、間をおくことをひそかに楽しんでいたのかも知れない。私は車椅子を動かすのが下手であったから、夜の病室内でのパントマイムのような吉岡さんの車椅子による一進一退に見とれていた。

吉岡さんは脳梗塞で入院していた。片方の足がまだ不自由で、歩行練習をするときは悪い方の足の膝から下の部分を固定するための装具を着用しなければならなかった。石川先生が私をはじめて廊下へ連れ出して歩かせてくれたとき、吉岡さんの金属製の四本足の杖を借りたことは前にいったが、吉岡さんは病院にいる間、歩く練習をするとき、この四本足の杖を使っていた。麻痺したのは右の足だったのだろうか。一本足の杖で身軽に歩きまわることの出来るようになるまで回復しないうちに退院した。南足柄から末の子をおぶって病院へ来ていた長女の話によると、吉岡さんが片方の足に装具を着けて四本足の杖で廊下を歩いているのを見かけたことがあるが、その足は細かったそうだ。

吉岡さんの発病は春さきで、最初は都立の駒込病院に入院した。そこに三カ月いて、それから梶ヶ谷の虎の門病院分院に来た。ここへ移ってからでも半年になるわけであった。吉岡さんがいつも悠々としているように見えるのは、その人柄もあるが、一つには入院生活が長くなって、ご自分でもいささかうんざりしていたことと関係があるかも知れない。

或る日、吉岡さんは私のベッドのそばにいる長女と目が合ったとき、

「退屈で退屈で仕様がないですよ」

と笑いながらいった。機嫌のいい顔で話しかけたから、そんなに困ったようには聞えなかったと長女はいっている。また長女が連れて来ている末の子によく笑いかけて相手になってくれた。お菓子を子供にくれたこともあったという。

私は廊下を車椅子で進んで来る吉岡さんに会って、

「貫禄のある、いい顔をした人がいる」

と思ったことを覚えている。

前にいったように私は虎の門へ来たとき、はじめは北側向きの六人部屋のベッドにひと先ず入って、二日たってから南側向きの四人部屋の306号室の窓際のベッドに移った。廊下を車椅子を動かして来る吉岡さんに会って、貫禄のある、いい顔をした人がいると思ったのは、306号室へ移る前後のことであったかも知れない。

同じ病室の隣りのベッドで暮すようになった吉岡さんは、おしゃべりではなく、そうかといって無口で陰気というのでもない。話をしてみれば快活で気さくで明るい人であった。年はいくつくらいだろう。お宅にまだ元気なお母さんがいると聞いた。おそらく私よりも十年くらい年下の、五十代の半ばころだろうか。髪は黒く、身体は引き締っていた。浅草育ちで、家は紙問屋をしていたという話を何かの折に吉岡さんから聞いたことがある。浅草と聞いて私は一層親しみを覚えたものだが、現在の吉岡さんは浅草には住んでいない。池袋に近いどこかでお店をしている。つまり、紙屋さんの御主人というわけだ。私を感心させた「貫禄のある、いい顔」は、長年、紙の商売をして世間で生きて来た間に作り上げられたものだろう。

吉岡さんのところには、恰幅のいい、下町風の奥さんが来ていた。毎日は来なかったようだ。汚れ物の包みを抱えて帰る妻に、病院の門を出て少し行ったところにコイン・ランドリーがあることを教えてくれたのは、この奥さんであった。お蔭で妻は病院にいる間にコイン・ランドリーへ行って洗濯物をある程度片附けることが出来るようになって助かった。

長女の話によると、吉岡さんに対して奥さんは割合にずけずけと物をいっていたらしい。入院生活が長びき、最初に入った都立の病院から数えると、そろそろ一年近くになりかけていたから、奥さんの方でも病院通いにいい加減くたびれて来ていたのだろう。夏にひいた風邪がなかなか直らないという話を妻は吉岡さんの奥さんから聞いたといっている。あるいは疲れていることも疲れているが、もともとそんなふうにずけずけと——第三者には遠慮のないように聞える物のいい方をして暮して来た夫婦であったのかも知れない。

吉岡さんのところでは、吉岡さんの退院に備えて風呂場の改装工事に取りかかった。詳しいことは分らないが、まだ片方の足の不自由な吉岡さんがひとりで入りよいように壁のまわりに手すりを取り附けるとか、そういったことではないだろうか。工事は私と同じく年内退院というのがほぼ決まった頃から始まったようだが、最初考えていたよりも長引いて奥さんは困っている様子であった。大工が家に入っていて、紙屋さんの商売の方もあるし、病院へ来なくてはいけないし、そうでなくても忙しい年の暮に奥さんは何かと気がもめたに違いない。吉岡さんは私の退院の前日の十二月二十六日に退院した。一日違いであったからよかったが、吉岡さんの退院がもう少し早ければ、私は随分淋しい思いをしただろう。私の退院までに日にちが明かなくて幸いであった。隣りのベッドに吉岡さんが寝ているだけで私は心丈夫であった。

吉岡さんは血圧は高くなかったそうだ。家で炬燵に入っているとき具合が悪くなった。中学へ行っているお子さんが気が附いて奥さんに知らせた。脳卒中で倒れるなどとは考えてもいなかったらしい。子供さんは、その中学生のほかにもう一人くらいいるのだろうか。病院へ来ているところを見かけたことは無かった。

吉岡さんといえば、病院の食事を食べ終ってから、奥さんが持って来た菓子パンを紙袋から取り出して食べている姿が浮ぶ。病院の食事だけでは物足りなかったのだろう。甘い物が好きらしくて、奥さんが何やかやお八つになるものを運んでいた。

病院の食事にしても、吉岡さんは毎食いつも真面目に熱心に取り組んでいた。入院生活が長くなって、もういい加減飽き飽きしても仕方のないところだが、少しもそんな様子を見せなかった。吉岡さんは悪くない方の左手で食事をしていたが、左手ということを特に意識させないほど上手に食べていた。（妻に尋ねてみると、吉岡さんは夜、自分で着ているものを脱ぐのも、畳んできれいに重ねるのも左手を使ってしていたという）

私は最初のうちは、食べると下痢をするという心配から食事に手が出なかったが、下痢がどうにかこうにか止ってからも、食欲不振に悩まされた。何とか食べられるのは朝食だけで、昼と夜、殊にまだ見舞いに来てくれた客のいる間に上って来る夕食は、大方手附かずで残してしまっていたから、隣りのベッドの吉岡さんがきちんと食べるのを見て、本当はああいうふうにしないといけないのにと考えた。

退院の日が近くなった頃であったが、私が、よく召し上りますねというふうにいったら、吉岡さんは、（出たものを）一度も残したことはありませんといった。食欲が無くて苦しんでいた私にとっては、一度も残したことはないという吉岡さんの言葉は信じられないほどであった。そんなことが出来るものだろうかという気がした。私も吉岡さんを真似たいが、とても出来そうになかった。

十二月二十五日には、いつもより夕食の出て来るのが遅いと思ったら、看護婦が、

「メリー・クリスマス」

といってクリスマスの特別料理の、ピンクのリボンのかかったロースト・チキンを運んで来た。おまけにデザートの苺のショートケーキが附いていた。そのロースト・チキンは食べよいように細かく刻んであった。せっかくのクリスマスの御馳走も、私は申し訳のように箸を附けただけであった。ショートケーキは妻と半分分けにした。甘い物好きの吉岡さんは、そのショートケーキをとても嬉しそうに食べた——と、それから一年半近くたった今ごろになって、脳外科病棟の３０６号室で一月一しょに暮した人たちの思い出を話し合っているとき、妻がいった。

体重測定があると、みんな車椅子のままでナース・ステーションの手前の体重計を置い

てあるところまで行く。杖をついて歩けるようになった患者は、杖をついて行く。

或る日、体重測定を終って部屋に戻った私が、

「計る度に減っている」

といったら、

「血ばかり取りやがるから、太る間がねえや」

と吉岡さんがいった。

吉岡さんも減っていたのだろうか。あれだけ毎食よく食べていたから、まさかそんなことはないだろう。体重の減ったのを気にしている私に附き合ってそんなふうにいっただけのことだろうか。血ばかり取るといったが、何の検査のための採血だったのか。これも吉岡さんはサーヴィスのつもりでいっただけなのかも知れない。だが、何かというと採血といわれるのが吉岡さんは面白くなかったということもあったのだろう。

退院の三日ほど前であったが、検査を受けるために私は一階の玄関の近くの診察室へ行くようにいわれた。何の検査なのか分らなかったが、行ってみると看護婦とは違う服装をした、リハビリテーションの訓練士のような若い女の先生がいた。ストップ・ウォッチを手にして、床の上に敷いた紙の上に立った私が例えば片方の足だけで立ってどれくらいじっとしていられるか時間を計ったり、目をつぶって（その片足立ちで）どれくらい静止していられるかを計ったり、その片足立ちもいい方の右足で立つ場合と悪い方の左足で立つ

場合、どのくらい違いがあるかを調べたりした。また、私が静止していられなくて片方の足を床に敷いた紙の上に着くと、着いたところにいちいち印をつけるというようなこともした。あるいは両手を横にひろげておいてこの片足立ちをどのくらい続けられるかというのもあった。要するに一度麻痺した身体がどれだけ機能を回復したかを調べるためにいろんな動作をやらせてみるテストであった。

私は出かける前に隣りのベッドの吉岡さんに、一階の診察室で検査がありますので行って来ますとひとことといっておいた。妻がいつも病院へ来る時間にかかりそうであった。普通なら午後のその時刻には、二時からのO・T室の訓練を終った私はほっとしてベッドで眠っている。私がいないと妻はどこへ行ったのかと思うだろう。

診察室で検査を受けていたとき、車椅子の吉岡さんが入って来た。ああ、ここでやっているんですねといったふうにちょっとこちらの方を見て、すぐに出て行った。

あとで妻が私に話したところによると、いつものように病院に着いて、噴水の横を通って玄関からエレベーターの方へ行こうとすると、診察室へ入る廊下の角のところに車椅子に乗った吉岡さんがいて、

「今、ここで検査受けてるよ」

と知らせてくれた。

面会時間は三時からで、いつも大体その時刻に妻が来るのを承知していた吉岡さんは、

診察室の前の廊下で待ち受けていてくれたのであった。

３０６号室では、私のベッドと反対側の隅に原田さんがいて、その隣りに田村さんがいた。ベッドが離れていたので、吉岡さんのように接触の機会は無かった。ただ妻は、それぞれの奥さんを通じて、お二人とも私と同じ脳内出血だが、どちらも倒れたとき意識不明の状態が何日か続いて、症状としては重く、回復に時間がかかっていることを聞いていた。

田村さんの場合は、家族で外国旅行に出かけ、帰国して旅行中に撮った写真の整理をしているときに発病した。楽しい家族旅行のあとにこんな怖ろしい病気が待ち受けていようとは誰ひとり思ってもみなかっただろう。原田さんは言葉が話せなかったようだ。初夏のような陽気が続いて庭にみやこわすれが咲き始めた或る日、私は南足柄から末の子を連れて来た長女に向って、同じ３０６号室にいた原田さんについて何か印象に残っていることがあったら話してくれるように頼んだ。

「原田さんは、娘さんが二人いたのね、あまり年の違わない。その娘さんがお父さんをとにかく大切に大切にしていた。心をこめて看病をしているのがよく分った」

といちばんに長女はいった。「とにかく大切に大切に」というところに力を入れていった。二人の娘さんの看病ぶりが私にも印象に深く残っていたので、本当にそうだったなと相槌を打った。

長女は思い出し思い出し、次のように話した。

娘さんが部屋に入ってきて、

「お父さん、ごめんなさい、遅くなって。待ってたでしょう」

そういって謝まってから、先ずお土産のケーキのようなものを出して、

「お父さん、これがお土産よー」

という。

椅子をベッドのそばに置いて、原田さんの顔すれすれのところに顔を寄せて話しかける。原田さんは口がきけなかったのか。左の方の出血だから、文字とか言葉が分らなくなったらしい。それで、娘さんは字を書いて、見せて、読んでいた。

――私は原田さんが脳の左の部分の内出血であったということを知らなかった。長女は誰から聞いたのだろう。原田さんの奥さんがそんなふうに話していたのを覚えていたのだろうか。

お父さんのベッドのそばにいる間、紙に字を大きく書いて、見せて、読んで上げていた。今から考えてみると、あれがリハビリテーションだったのかも知れない。お父さんは声が出せないので、頷いていた。分ってはいても、声が出せないんでしょうね。とにかく、病室にいる間、ずっとそうして上げていた。

二人の娘さんのうち、一人はお勤めしているようだった。会社の用事で、会社で何かあってそのために病院へ来るのが遅れたようなことをいって、

「遅くなってごめんねー」

と謝まっているのを見かけたことがある。

そんなに年の違わない娘さんだったけど、二人ともとても感じがよかった。おとなしくて、地味で。

奥さんもふっくらした、感じのいい人だった。きれい好きで、ベッドのまわりがきちんと片附いていた。とにかく女三人が一しょになって行き届いた世話をしていた。どのくらい入院しているといったか。半年くらいといったか。大分快くなったというふうにいっていた。身体はそんなに不自由なようではなかった。お父さんの方がよっぽど悪かった。身体は——そんなに引きずるようにしていなかった。動作はゆっくりとしていたけど。ただ言葉がいえなかった。左側の出血だから重かった。

枕もとにテレビを置いて、よく時代劇なんか見ていた。一日中、テレビをつけていた。娘さんの一人は勤めていて、一人は大学生だったのか、そんな感じだった。原田さんは病気で倒れるまで家族に信頼される立派なお父さんだったと思う。あれだけ娘さんが大事に大事に看病していたから、本当に立派な、いいお父さんだったのだと思う。

原田さんの娘さんは病室へ入って来るとき、お邪魔しますといい、帰るときは、お先に

失礼しますというふうに、みんなに丁寧に挨拶をしていた。礼儀正しかった。そうだ、あんなふうにいわないといけないんだなと思って、こちらもそれを真似していた。

娘さんは、とにかく原田さんに一時間くらい顔を寄せて何か話しかけていた。あれは何だろう。原田さんが何かいおうとするのを聴き取ろうとしていたのか、お父さんの場合、来たら悪い方の左手の指を握ったりさすったりしていたように、原田さんはことばだから、絶えずあんなふうに話しかけるようにしてコミュニケーションを図っていたのかも知れない。やっぱりあれが原田さんの大事なリハビリテーションだったのだと思う。

奥さんが上等のお饅頭をお裾分けしてくれたことがあった。上等の和菓子だった気がする。それで家でアップルパイを焼いて持って来たとき、切って差上げた。

ここで長女は、これも自分が家で焼いて持ってきたラム酒入りのケーキをヘンリーさんのところに届けたことを思い出して、ヘンリーさんにラム・ケーキを上げたとき、父がよろしくと申しておりますという英語をお父さんから教わって、マイ・ファーザー・センズ・ベスト・ウィッシェズだったかな、それを口の中で暗誦しながらお母さんと二人で持って行ったといった。そのとき、ヘンリー夫人は背中におぶっている民夫を見て、年はいくつかと訊き、子供は何人いるかと訊いた。四人いるというと、ヴェリイ・グッドといった。学校の先生のようないい方をした。

それから今度は３０６号室へ戻って、

「吉岡さんは――。お父さんのところへ見舞いの人が何人か一しょになることがあって」

といった。

ベッドのまわりに椅子を置いて坐って貰うようなとき、吉岡さんのベッドの外に人垣を作るようになるので、お父さんが気にして、

「大勢で済みません。お邪魔して」

と吉岡さんに声をかけると、

「いいですよ、いいですよ」

と笑いながらいった。本当に暖かい、いい人だった。

(ここで原田さんから吉岡さんの話に移った)

お父さんが、吉岡さんは御飯をきれいに食べられるんだよといっていた。多分、退屈で、食事しか楽しみが無かったのかも知れない。きれいに食べておられた。吉岡さんはリハビリのための入院だから、身体は悪くない。だからよく食べられたのだと思う。

「みーんな残さず食べられるんだよ」

とお父さんはしきりに感心していた。

病院の食事の話のなかでクリスマスの日の夕食にリボンを括ったロースト・チキンに苺のショートケーキを添えたのが運ばれて来たことをいったが、私たちのいた三階脳外科病

棟ではそれより四日早い十二月二十一日の午後に廊下の端のデイ・ルームでクリスマスの会が開かれ、患者は全員招待された。その日のことを書きとめておきたい。

クリスマスに何か催し物が計画されているらしいことは、廊下に会のための寄附を求める募金箱が出ているので気が附いていた。その前日であったか、P・T室の訓練を終った私がベッドに横になっているところへ若手の看護婦のなかの働き者の小勝さんがやって来て、クリスマスの会に歌を歌って下さいといったのには驚いた。

どうやら彼女は余興のプログラムを用意する委員であるらしい。だが、白髪頭の私にクリスマスのパーティーの席で歌なんか歌わせなくてもいい。そんな無茶をいってはいけない。いったい彼女たちは、どうして私に歌を歌わせようなどと考え出したのだろう。私にそんな器用な隠し芸があるわけが無い。

それは私だって気の合った友人と家で酒を飲んでいて、歌が次から次へと出て来るようなときには、学校時代にアメリカ人の先生から教わった「クレメンタイン」を口ずさむことが無いわけではない。だが、知らない大勢の人の前でその「クレメンタイン」をやりなさいといわれたって無理だ。看護婦の小勝さんには、夜中に私がナース・コールの呼鈴を押して、車椅子ごと手洗いへ運び込まれたようなとき何度となく世話になっている。私の身体を引張り上げて支えなくてはいけないので人手を必要とする。手洗いの中から廊下のすぐ向いのナース・ステーションへ向って、

「誰か来てー」

と助けを求めると、よし来たとばかり駆けつけるのが、不思議なことにいつも決まって小勝さんであった。

小勝さんは小柄な人であったが、力持ちであった。私は何度助けて貰ったか分らない。その際、「誰か来てー」と叫ぶのは眼鏡をかけた阿倍さんであった。虎の門へ移った最初の頃、今日から私は三日間いなくなりますけど、その間にうんと快くなっていて下さいねといった若い看護婦さんだ。

さて、そんなふうに小勝さんや阿倍さんたちには一方ならずお世話になり、骨惜みをしないその働きぶりに感謝しているけれども、クリスマスの会の席で余興に歌を歌えといわれてはたまらない。無茶なことをいってはいけない。私は、恥しいから駄目だよと返事した。小勝さんはそれ以上粘らずに引きあげて行った。

十二月二十一日はいい天気であった。窓からの日差しが強かった。午前中、ベッドにいるところへ、クリスマスの飾りつけをするので来て下さいと召集がかかった。デイ・ルームへ行くと、吉岡さん、田村さんも来ていた。看護婦の内田さん（夜中に救助を求めた私をよく車椅子で手洗いへ連れて行ってくれたチームの一人である）がツリーにくっつける飾り物の入った袋を一つ一つみんなに配る。ちぎり難い紙に入っているのをやっとのことでちぎって、中身を取り出す。私のは銀色のぴらぴらの附いた柊の赤い実。内田さんはそれをツリーに吊す。

ツリーといったが、実際はデイ・ルームの壁に貼ってある、クリスマス・ツリーの絵だ。これは絵の上手な吉岡さんが多分、小勝さんたちに連れて行かれて描いたものである。何しろ入院生活が長いから看護婦は何でも知っている。306号室の吉岡さんのベッドの枕もとに花の絵が飾ってあったが、それは前に吉岡さんが描いて家にあったものを奥さんが持って来たのではなかったか。ちょっと見たところ子供が描いた絵のようだが、なかなかよかった。ツリーの絵といっても、大まかな輪廓だけを描いた絵であった。

召集がかかったわれわれの仕事というのは、何のことはない、めいめいに配られた袋の口を破って、中に入っている飾り物（何が当るか分らない）を、はい、どうぞと内田さんに手渡すだけで、あとは何もすることは無い。内田さんは壁に貼ったツリーの絵の上にセロテープで貼りつけて行く。デイ・ルームに集められた患者のなかには、ヘンリーさんもいた。真剣な顔をして、渡された飾り物の袋の口を破っていた。ヘンリーさんが飛行機に乗ってアメリカへ帰るのは、一週間先のことだ。知らぬ他国で発病したばかりに日本の患者に交ってこういうお手伝いをしなければならないめぐり合せとなったわけだが、ヘンリーさんは別につまらなそうな顔をしていない。

午後、始まりますから皆さん来て下さいといわれて会場へ行ってみると、準備が出来上っていた。テーブルにはクリームのたっぷりかかった大きなショートケーキがいくつか置いてあった。紅茶の用意もしてある。ショートケーキはそばにいた人がナイフで切って、テーブルのまわりの人に配られた。あとで私は甘い物好きの吉岡さんに、ケーキはたっぷりお上りになりましたかと訊いてみた。吉岡さんは悲しそうに首を振った。吉岡さんに当ったのは、あまり大きいケーキでなかったらしい。私のいた席では、みんなに大きいのが当って、まだ余っているほどだったのに、吉岡さんのところはそうでなかったようだ。

クリスマスのみんなの耳に馴染んでいる讃美歌を全員で歌った。手まわしよく、歌詞をマジック・ペンで書いた紙が用意されていて、それを見ながら歌えるようになっていた。「真赤なお鼻のとなかいさんが……」という歌は、看護婦の何人かが並んで歌った。デイ・ルームの入口のドアのあたりに、背中に天使の羽を着けた若手の看護婦さんが二人くらいうろうろしていたのは、そこらが舞台の袖というつもりであったのだろう。生憎、衝立も何も無いので、隠れる場所が無い。楽屋も無い。出演者としてはやり難かっただろう。背中に天使の羽を着けたのは、ただみんなで並んで讃美歌を歌うだけでは面白くない、雰囲気を盛り上げようと思ったのか。確かにそれだけの効果はあった。忙しい勤務の間でこんな用意をしてくれたのは有難い。背中に天使の羽を着けるといっても、簡単に用意出来ることではないだろう。

患者のなかから一人、若い人が指名されて、余興を次々とやってみせた。「なぞなぞ」と声色である。馴れた様子ではあるが、達者というのでもない。初々しいところは無かった。声色のなかにとりが玉子を産むところがあった。最後に玉子が飛び出す瞬間に音がする。その音でおかしみを誘い出す効果を狙っているらしかったが、音を出す役というのは別にいて、離れた席にいる高校生くらいの男の子が、掌を口に当てて、「玉子の発射音」を演じてみせた。鳴ることは鳴ったが、二人の呼吸にほんの少しずれが生じて、大事なところで間伸びがしたのが、かえって愛敬があってよかった。

クリスマスの会のとき、隣りの席にいた白髪の人が話しかけて来た。この人は、溝の口の救急病院から虎の門へ自分は移って来た、溝の口からここへ入るのは大変珍しいとされている、私はその第一号であなたは第二号ですといった。前に、溝の口から梶ヶ谷の虎の門病院分院へ移った「Dデイ」の思い出を長女が語ったなかで、私が最初に入った六人部屋で、車椅子を動かしながらやって来た髪の白い男の人に、どこから来ましたかと訊かれて、長女が溝の口の……と病院の名前をいったら、

「よくあそこから出て来られましたね」

というなり泣き出したという場面があったのを思い出して頂きたい。そのとき、長女は自分が前の年の秋から読んでいた『モンテ・クリスト伯』に引っかけて、

「まるで島の監獄のシャトー・ディフを命がけで脱出したエドモン・ダンテスのようなことをいったの」

と附け加えたのであった。

ついでにいえば、ぐにゃぐにゃのふらふらの状態で溝の口の最初に入った救急病院から長女の主人の運転するワゴン車に手伝いの家族全員と一しょに乗せられて梶ヶ谷の、玄関前に噴水のある虎の門病院分院まで運び込まれた私は、六人部屋に入った最初にそんな出来事があったことも知らない。十二月二日に私は虎の門へ来て、十二月五日には吉岡さんや原田さんのいる306号室へ移ったから、最初に入った北側向きの六人部屋に二日ばかりいた勘定になるが、その間のことを全く覚えていない。また、長女が「エドモン小父さん」と名前を附けた髪の白い男の人がその後、私に溝の口の病院のことで何か話しかけたことがあるかどうかも覚えていなかった。

ただ、十二月二十一日の午後に開かれた三階脳外科病棟のクリスマスの会でたまたま隣り同士になった髪の白い男の人からそんなふうに話しかけられてみると、この男の人は初めて見る顔ではなかった。

私が車椅子の扱い方に馴染まず、いつまでも下手であったことは前にいった通りだが、廊下を車椅子で進んでいて、曲ろうと思う方向へ車椅子が動いてくれなくて閉口しているようなとき、向うから車椅子で来た人のなかに、こういうふうにすればいいんですよと助言してくれる人がいた。その人は、曲ろうと思う方へ向けて、靴の底で床を蹴ればいいといってくれた。ところが、廊下の床はすべすべしているし、こちらが履いている運動靴の底も引っかかりの無いゴム底だから、靴の底で床を蹴るといってもうまくゆかない。

だが、なるほど自分の足を用いて、うしろへ蹴り出すようにすると、車椅子は曲ろうと思う方向へ進むことが分った。

あるいは私が日曜日の午後など別にテレビを見ようというつもりもなしにデイ・ルームへ車椅子で入って行こうとするようなとき、中でテレビを見物している人のなかから、こっちへこういうふうに入って来なさいと進入路について指示してくれる親切な人がいた。それが「エドモン小父さん」であった。

私はこの人がどうして私にそんなふうに進んでコーチ役をしてくれるのか、訳が分らなかった。私の車椅子の動かし方が不器用で、まごまごしているのを見兼ねてそんなふうに世話を焼いてくれるのかと考えていたのであった。実際その通りであったに違いない。ただ、この人の場合、溝の口の救急病院から自分は苦労して梶ヶ谷の虎の門病院分院へ移った、あなたもさぞや苦労してここへ来られたのだろう——という、いわば共通の運命を辿った人間として親愛の情を抱いていたということがあったと思われる。もともと親切な人であったのが、同じ溝の口の病院を脱出してここへ入院することが出来たという思いから、車椅子の進め方について助言せずにはいられなくなったのだろうか。そんな事情があるとも知らず、こちらは知らん顔でいた。「エドモン小父さん」としては何だか手応えの無い人だなあと頼りなく思っていたかも知れない。これでやっと訳が分った。

私は、この髪の白い、身体にあまり肉の附いていない人に何か話をしないといけない立場になった。どこがお悪かったのですかと私は訊いてみた。「エドモン小父さん」は、

「消化器のいちばん最後の部分です」

といった。

そういわれて、咄嗟に私はどこを指しているのか分らなかった。すると、この人は、少しきまり悪そうに、

「痔です」

といい直した。

脳外科病棟へ入っているし、年も若くない人だから、脳の血管の病気、つまり脳内出血とか脳梗塞かと思ったら、そうではなかった。痔、とは意外な答えであった。溝の口の救急病院にいた間のことを話題にすればよかったかも知れないが、そこにいた間の記憶はすべてぼんやりとしていたし、自分の仕出かしたとんちんかんな失敗くらいしか覚えていなかった。私は、それ以上話すことが無かった。「エドモン小父さん」が私に、どこがお悪かったのですかと訊けば、話をするところだが、訊かなかった。多分、最初、同じ部屋に入ったときに、妻か長女から病名を聞いて承知していたのかも知れない。そのうち讃美歌や「真赤なお鼻のとなかいさん」の歌が始まり、隣り合せの席に着いた私たち旧溝の口組も、無理に次の話題を探し出して会話を続ける必要は無くなったのであった。

体温計のことを書いておきたい。

毎朝、病棟内に拡声器による放送が流される。「お早うございます。今日は十二月何日、何曜日です」というようなことをはじめにいってそのすぐあとへ来るのが、

「検温の時間です」

検温の、検のところにアクセントを置いていうのだが、その声を聞くと、ああ、またかと思う。各自のベッドの横の枠の鉄棒に一本ずつ体温計をケースに入れたのが吊してある。そこから体温計を抜き出して、腋の下へ挟んで、看護婦がまわって来るまでに自分で熱を測っておく。看護婦が来たら、何度何分ですと報告する。

なぜそれくらいのことを厄介に思うかというと、体温計をベッドのわきに吊してあるケースから抜き取るときに、うっかりして床の上へ落しはしないかという不安がある。細い小さなものだから、指から落ちやすい。ベッドの上の中途半端な姿勢で体温計を扱おうとするから、危い。そこへ眠り込んでいたのを拡声器の放送で起されたばかりだから、まだはっきりと目が覚めた状態になっていない。寝惚けているとは思わないが、寝惚けているのに近い状態だ。ちゃんと目が覚めているときでも、体温計のケースから体温計を抜き出して腋の下に挟むといった動作は苦手である。ましてやそれをベッドの上に起き直った姿勢で、しかも半ば寝惚けたままでやらなくてはいけないから、危い。

体温計を腋の下に挟んで、どうする。そのまま起きている必要は無いから、挟んだまま寝ていればいい。もうこのくらい時間がたったら、いいだろう。挟んだ体温計を取り出すのはいいが、目盛を見なくてはいけないのが厄介だ。挟んだまま寝ているところへ看護婦がまわって来て、体温計を見てくれればよいが（そういう場合は助かる）、ひとりで目盛を見るとなるとひと仕事だ。

何しろ自分の手で体温計を持つ時間が長くなればなるほど、体温計を落す危険が増す。ベッドの上に落すのなら、いい。壊れる心配は無いから。だが、ベッドの上に落しても大丈夫だという保証は無い。うっかりその上へ手をつくとか、肘をつくとかいうことをすれば、いくら下がやわらかなベッドであっても、体温計は壊れてしまうだろう。

目盛を読んで、看護婦に報告をして、もとのケースに体温計を仕舞って、それをベッドの横の枠の、最初吊してあった位置に吊してしまうまでは安心できない。

私は麻痺のために不自由になった左手を使っているわけではない。いい方の右手を使って体温計を扱う。これはO・T室のリハビリテーションの訓練ではないのだから、右手を主に使えばいい。いや、右手も左手も必要に応じて自由に参加させればよい。今では左手も右手と変らないくらい役に立つように回復しているのだ。実際、私は体温計をケースから取り出して、腋の下に挟み、今度は目盛を読んでもとのケースに仕舞ってベッドの横の枠に吊すという動作をするのに、病気のために自分の左手が悪くなったということを特別に意識する必要は無かった。にも拘らず、私はうっかり体温計を床の上へ落して壊しはしないだろうかという不安から逃れられなかった。正直にいって私は体温計のような指先から滑って落っこちそうなものを、しかも固い物の上に落せば必ず壊れる代物に触りたくはなかったのだ。

十二月十八日の朝、検温の時間に私は到頭、しくじった。腋の下に挟んでいる間に看護婦が来てくれればよかったが、来なかったので自分で目盛を読もうとした。暗くて、目盛はよく見えない。危いなと思っていたら、体温計は床へ落ちた。先の細くなった部分が割れて、水銀が床にこぼれた。

古株の看護婦の本田さんが来たので、私は体温計を壊したことを報告した。本田さんは、大人がよくないことをした小さい子供を叱るときのような声を出して、私に向って、

「めっ！」

といった。

そのとき、あとから来た看護婦の内田さんがいて、私が本田さんに叱られる現場を見ていた。内田さんは私を車椅子のまま手洗いへ連れて行ってくれた。私は悄気ていた。内田さんは、本田さんが私に「めっ」といったことについて、

「口であんなにいっているだけですよ。気になさらないで」

といって慰めた。

私はそれから十二月二十七日に退院するまで体温計をまた落したらどうしようと心配した。一回ならまだいい。二回目にまた落して壊したら、恰好がつかない。ご免なさい、うっかりしていましたと謝まったぐらいでは済まない。

実をいうと、それだけ真剣になって用心したにも拘らず、或る朝、体温計を床の上に落してしまった。何たることか。体温計は私の指を離れてベッドの横の床の上へ落ちた。ところが、不思議なことに空中を落下して床に当った体温計が壊れなかった。この前のように細くなった部分が割れて、水銀が床の上にこぼれなかった。何ともなかったのである。どうしてそんなことが起ったのか、私は理解できない。体温計が落ちて、床に当るときの角度がよかったために、床に当るなりすっと床の表面に沿って滑ったのだろうか。床に当った衝撃というものが、滑ったことによって最小限にとどまったのだろうか。体温計が固い床に落っこちたら、壊れるに決まっている。それが壊れなかったのだから、体温計の落ち方がうまかったというよりほかない。

何ともなかった体温計を拾い上げたときの私の喜びを想像して頂きたい。いつも検温のときに同じ看護婦がまわって来るわけではないから、ふたたび私は本田さんに体温計を壊しましたと報告する羽目に陥ることは無かったと思われるが、いずれにせよ私は、一度ならず二度までも体温計を壊して看護婦に謝まるというみっともない目に会わなくて済んだのであった。

単行本あとがき

脳内出血を起して入院した私が、退院して自宅療養を始めると、自分が病気で入院した間のことや退院してからのことを何くれとなく書いてみたいと思うようになった。そのとき私の心に最も親しく、身近に感じられたのが、以前読んだ英文学者の福原麟太郎さんの「秋来ぬと」という随筆であった。「秋来ぬと」は、三十七年勤めた大学を停年退職された六十歳の年の夏に心臓病になって、クリスマスの前まで五カ月東大病院に入院した福原さんが、翌年の夏のきびしい暑さとたたかいながら、秋の到来をどんなに待ち詫びたかをお書きになったものだが、私はこの随筆を繰返し読むことによって自分の健康を立て直してゆく上での励ましを受けた。

福原さんは大病をなさったあと、養生に努め、『チャールズ・ラム伝』を始めとする一生の大きなお仕事に次々と取りかかられた。それも必死になってしがみついてというのではなくて、悠々としてといいたいようなお仕事ぶりであった。とても福原さんを真似るわけにはゆかないとして、そういう方が居られたということを学んで、これからの生涯を生きてゆく上でのお手本としたいと願わずにはいられない。文學界から隔月連載で長い随筆を書く機会を与えられたとき、福原さんの「秋来ぬと」がどのように書かれたかを詳しく辿ってみることによって一回目の「夏の重荷」を書いたのは、そういう気持からであった。

丁度その頃、森亮さんの東洋文庫『白居易詩鈔——附・中国古詩鈔』（平凡社刊）を手に取って頁を繰っていたら、アーサー・ウェーリーの中国古詩英訳をもととした日本語訳である「中国古詩鈔」のなかに「谷間をへだてて」という作者不詳の一篇があるのを知り、そこで、恰《あたか》も谷間をへだてるようにして今は向う側の国にいらっしゃる福原さんに対して感謝を述べるといった心持をこめて、通しの題名を「世をへだてて」としてみたのである。作中には現れなかったが、この仕事をしている間、戦後に亡くなった私の父母、長兄を思うことが何度かあった。谷間をへだてたあちら側にいる親しい人のなかに父母、長兄がいて、福原さん同様、励ましを受けたことをここにしるしておきたい。

庄野潤三

一九八七年晩夏

書斎にて　一九九三年

『世をへだてて』単行本
文藝春秋　一九八七年刊

父の散歩

著者に代わって読者へ

今村夏子

父が六十四歳の十一月十三日、靴を片方履いて散歩に出て行こうとするのを母が止め、救急車を呼びました。脳出血でした。

これまで病気になった事はなく、「わしには休肝日は無い。」と毎晩お酒を楽しんでいた父にとっては、降ってわいた災難でした。幸い命は取り留めましたが、半身マヒで身体の自由を奪われてしまいました。それなのに見舞いの家族が帰る時には、必ず自分の黒いさいふと靴をベッドの横に置いておくようにと言います。さいふと靴があれば、家に逃げて帰れると思ったのでしょう。

十二月二日に、リハビリ専門の病院に転院した時の父は、糸の切れた操り人形のようでした。そこで出会ったのが石川誠先生です。若い頃ラグビーをしていた、明るくさっぱりした先生は、父が一番好むタイプの方です。石川先生の指導のもと、父は家に帰りたい一心で懸命にリハビリに励み、十二月二十七日に、杖無しで歩いて退院しました。発病からわずか一と月半という奇跡のスピード退院です。直前に遠藤周作さんに出したお礼のハガキは、解読不能な字でしたが、石川先生は、この人は家に帰した方が早く回復すると考えられたのかもしれません。それでも父にとっては長くてつらい日々だったと思います。

我家に帰った父は、母の渾身の世話に守られて寒い一月二月三月を乗り越え、春からは「世をへだてて」の連載を始めました。

その時から、八十五歳で二度目に倒れついに動けなくなるまでの二十年間、父は毎日早起きして、仕事と日に数回行く散歩を規則正しく続け、万歩計の数を日記に記しました。一万五千歩より少ない日は、ほとんどありません。父は歩ける喜びと仕事が出来る喜びを生涯忘れなかったのです。

愛用のハンチングをかぶり、母に「散歩に行ってくるよ。」と声をかけて玄関を出て行く父の後姿は、本当に嬉しそうでした。

（長女）

解説

山の上の家のまわり

島田潤一郎

二〇一四年のまだ寒いころに、初めて生田の作家の家に伺った。当主はすでに亡く、奥様の千壽子《ちずこ》さん、長女の夏子《なつこ》さん、長男の龍也《たつや》さん、龍也さんの奥様である敦子《あつこ》さんの四人があたたかく迎えてくださった。小説にたびたび出てくる「かきまぜ」をいただき、作家が愛した山形の酒「初孫」をいただいた。

その場に作家がいなくても、作家がその場にいるようであった。のちに聞くところによると、作家が机に向かっていたころも、担当編集者たちはみな、作家の家族に同じようにもてなされ、作家はお酒を飲みながら、言葉すくなに、それを見ていたというから。

書棚にはまだ、作家が愛した本が整然と並んでいた。伊東静雄、井伏鱒二、小沼丹、福原麟太郎、十和田操等々。

時折、作家の愛読者が家のまわりを歩き、なかを窺っていることがある、と夏子さんがいった。そういうとき、作家の妻は読者を家のなかに招き入れ、いくらでも作家の思い出を読者に語るのだという。

庄野潤三は一九四九年に「愛撫」で世に出て、二〇〇六年の「ワシントンのうた」まで休まずに原稿を書いた。本作『世をへだてて』の二年前に第六随筆集『ぎぼしの花』が刊行されているが、そのなかにこんな記述がある。

　自分が興味を惹かれるものがある。それが無かったらお手上げだが、幸い身のまわりにある。ただし、それはばらばらのままで、繋りが無い。また、無理に繋りをつけたくはない。そんなふうにすれば、本来の面白みをたちまち失ってしまうからだ。では、どうすればこのばらばらで、順序のないものに一つの芸術的な纏りを与えることが可能であるか。

（「原稿の字と小説の主題」）

庄野潤三はこうした態度で終始、文学と向き合った。虚構らしい虚構の世界からは距離を置き、家族を見つめ、ときにテープレコーダーをもって市井の人びとの話を聞きに出かけた。そっちのほうが本当である、と信じたのである。

大きな喜びや悲しみ、よくできた物語よりも、ペーソスを愛した。たとえば、六八年に刊行された『雉子の羽』は、家族の話の聞き書きと、作家が町のなかで拾い集めた名も知らぬ人たちの会話から成り立つ稀有な一冊だが、これを読むと、作家が愛していた世界がよくわかる。

八十七

蓬田が小学校の下の道へ来ると、若い方の中風の爺さんが麦藁帽子をかぶって、杖で身体を支えながら立っている。

いま丁度、向きを変えて、家の方へ引返すところであった。

そこは、学校へ上る坂道の角っこで、爺さんの家からだいぶ離れている。道が曲っているので、爺さんの家は見えない。間に農家の大きな菜園があって、柿の木の若葉が陽を受けて光っている。

こんなところで爺さんに会うとは思わなかった。

前には、家の前の腰かけから何歩も行かないところで、歩く練習をしていたのである。それもすぐにヒバの垣根につかまって休んでいた。

ここまでひとりで歩いて来れば、大したものである。

爺さんのかぶっている麦藁帽子は、経木でこしらえた、すぐに縁がちぎれたりする帽子ではなくて、農家の人などがかぶる、部厚くて、手に持つと重い、あの麦藁帽子である。それに、まだ新しい。

また、小ざっぱりしたズボンを穿いている（それは、蓬田がいつも家で穿いているズボンと同じ種類であった）。履いている運動靴は、小学生の履くような靴であるが、それもきれいであった。

爺さんは歩き出した。杖を前に出して、自分の重みをかけながら、反対側の不自由な足を踏み出す。そっちの手も、身体の前に垂らしている。

歩きかたの順序というものは、前と変りはないが、動作が確かになったことだけは分る。

しばらく歩行を続けると、爺さんは道ばたのごみ箱に腰を下して、休憩した。背中のすぐうしろに、躑躅が一株あって、赤い花をいっぱいつけている。

家の横では、若い女の人が洗濯物を物干にかけている。

爺さんは、いま腰かけたところなのに、またすぐ杖を取って立ち上り、歩き出した。

蓬田がそのあとを見送っていると、うしろから兄弟らしい小学生の男の子と女の子が、手に何か画板のようなものをぶら下げてやって来て、爺さんのそばを通り過ぎて行った。

冒頭に「八十七」と引用しているが、『雉子の羽』はこうした掌編が百七十一収められていて、それぞれに番号が振られている（「八十七」はこれが全文である）。散歩をしていてよく見かけるリハビリ中の爺さん、頑丈そうな麦藁帽子、赤い躑躅、子どもたちなど、原稿用紙にすれば二枚半の世界のなかに、作家が好んだものが溢れんばかりに入っている。

六四年に日本経済新聞に連載した『夕べの雲』（刊行は六五年、以下刊行年）によって自身の作風を確固たるものにし、『流れ藻』（六七年）、『紺野機業場』（六九年）、『屋根』（七一年）、『引潮』（七七年）などではモチーフを外に求めた。一方で、家族の日々を「星空と三人の兄弟」（『小えびの群れ』所収、七〇年）、「絵合せ」（『絵合せ』所収、七一年）、「餡パンと林檎のシロップ」（『休みのあくる日』所収、七五年）などの優れた短編によって、鮮やかに切り取った。

作風こそ静かだが、『流れ藻』が刊行された六七年から『ガンビアの春』が刊行された八〇年まで、作家は毎年、精力的に著作を発表している。同じころ、第三の新人の遠藤周作、吉行淳之介、安岡章太郎らは軽妙なエッセイによって、文学の枠をこえた読者を獲得し、同じように著作を毎年刊行していたが、そのありようは庄野潤三とずいぶん違う。第三の新人ばかりか、日本文学のほかのどの作家とも異なる道を、庄野潤三は、脇目も振らず一歩一歩進んでいったように見える。

道標としていたのは、本作にも登場するチャールズ・ラムの『エリア随筆』や、師であった伊東静雄のことばだろう。同年代の作品よりも、若い頃に愛読した文学作品を繰り返しひもとき、その目でもって、身の回りの世界をあらためて見つめ直した。庄野文学の大きな特徴でもある子どもたちの語りは、すなわち、子どもたちの目で作家の身の回りの自然と人びとを再発見することにほかならない。

本作『世をへだてて』は八五年に作家が脳内出血で倒れ、リハビリ後に書かれた連載エッセイだが、ここでも長女の語りが作品の核となっている。


重症室の戸をそうっと開けて、うとうとしてられるけど、意識ははっきりしているといったので、はーっ、よかったと思った。

部屋へ入って行ったら、お父さんは鼻に酸素の管を当てて、頭の上に点滴の壜をいくつも吊して、手に注射の針がいっぱい刺さっていた。奥の方のベッドに二人ほど寝ていた。お母さんが小さな声で、

「お父さん、和子が来てくれましたよー。民夫も一しょですよー」

といった。目は見えないようだったけど（長女は詳しくその様子を報告しようとしたが、私は止めた）、そばへ寄ると、

「来てくれたんか」

こんなことになってしまったけど、命拾いしたからな、といって、手を強い力で握り

しめた。——どっちの手でと私が訊くと、長女は右手でした、といった。

ここで重要なのは、作家が子どもの目をとおして自分を発見するということだ。それまで「腕立て伏せを毎日、四十回していましたとか、庭の山もみじの枝につかまってぶら下る競争なら、三十歳代の二人の息子にそれほど引けを取らな」かった、いわば体力と活力のひとであった自分がベッドに寝たきりとなり、わずかのあいだではあるが、記憶をも失っている。

庄野家の子どもたちはみな、幼いころから父に話をし、父がそれを聞くのを喜んだというが、作家は、病床の変り果てた自分の姿の話をも、興味津々に耳を傾け続けたことだろう。そこにペーソスを見出し、同じ病とたたかう病室のひとたちと同質のものを認めて、ほっと胸を撫で下ろしていただろう。

大型トラックの運転手をしていた野宮さん、浅草の紙問屋の息子で、池袋の方で紙の小売店をしている吉岡さん、脳内出血で倒れ、退院直後に帰国した、会社勤めのアメリカ人ヘンリーさんなど、『世をへだてて』のなかにも、これまでの庄野文学同様、市井の人たちがたくさん登場する。作家は彼らの姿を描くことに自分の仕事の意義を見出し、注意深く観察をする。わからないことや、見逃してしまったものは、妻や子どもたちに聞く。そうすることによって、作家としての体力を少しずつ回復させていく。

けれど、その興味のありかたは病気で倒れる前とは異なっている。作家の観察対象のなかには、病で倒れ、老いていく作家自身も入っている。それまでは観察する者であり、語る者であった作家自身が興味深い観察の対象となることで、庄野潤三の文学は大きく変容していくことになる。

作家が住む生田の家を探し当て、その家のまわりをぐるぐる歩くような愛読者が生まれたのは、作家が病で倒れ、『鉛筆印のトレーナー』(九二年)を皮切りに、日記のような、身の回りのことを描いた小説を発表しはじめてからだ。そこには変わらず子どもたちがいて、妻がいて、孫がいたが、語り手である作家自身もいた。作家は「おいしい」と感じる自分を描き、「うれしい」と思う自分を描くことで、老夫婦がどんな日常を過ごしているかを、「ばらばらのまま」、「無理に繋りをつけ」ずに描くことを日々の仕事とした。日記のような小説を書くことを目的としたのではなく、結果として、日記のような小説がいくつも生まれた。

読者は毎年刊行される作家の小説を読み、庄野家の子どもたちや孫の様子を知り、老夫婦の日々を知った。彼らが読んでいるのはたしかに文芸書ではあるのだが、一方で、愛する親戚からの手紙のようでもあった。こうした作家と読者の仲睦まじい関係が生まれたのは、繰り返しになるが、作家が病を得てからである。その意味で、『世をへだてて』は作家の分岐点を示す一冊といえるだろう。

本作の翌年には長女からの手紙が大きくクローズアップされた傑作『インド綿の服』が刊行され、その翌年には庄野文学のあらたなヒロイン「フーちゃん」が登場する『エイヴォン記』が刊行される。それはペーソスよりも、よろこびのほうに比重がおかれた世界であり、作家は見つめること、書くことを何よりよろこんでいるように見える。

作家は二〇〇九年に八十八歳で亡くなった。

当主がいなくなった家には妻がひとりで暮らし、作家が原稿を書いていた当時のままに家を保った。

二〇一七年にその妻が亡くなったあとは、子どもたちが母の代わりに、父の思い出を読者に語った。彼らの話を聞く機会を得た幸せな読者はその内容に耳を傾けながらも、同時に、いま目の前にいる語り手が小説の主要人物であり、『夕べの雲』のなかでは「晴子」や「安雄」といった名で描かれた子どもであったことに、いつまでも驚き続けただろう。

その長女から伺った話をひとつだけ紹介して、本稿を終わりにしたい。

長女が短大を卒業して、働いていたころの話。生田は『夕べの雲』のころから続く再開発によって道路が整備され、どんどんと家が建っていた。

先に紹介した『雉子の羽』では、妻は買い物先や病院で出会った人たちの話をし、子どもはアヒルや鯉など生き物の話をするが、主人公の蓬田はしばしば道ばたで「土方」を見つめ、その様子を正確な筆致で綴っている。彼はむかしから、汗水たらして働くひとたちのことが好きなのだ。

毎日、生田の坂を上り下りして会社に勤めていた長女も、家をつくる「土方」たちのことをよく見つめた。そしてある日、母と相談しながら「土方のうた」というのをつくって、父に歌って聞かせた。

ドは土方のド
レはレールのレ
ミは道ばたのミ
ファは飯場のファ
ソは青い空
ラーラララララ
仕事はたのしい
さあ、働こう

作家の健全な精神が宿ったかのようなこのユーモラスな歌を、作家はどれほどおもしろがり、よろこんだことだろう。

長女はいまも、散歩しながら、この歌を空に向かって歌うという。父と母に聞こえるくらいの大きな声で。

（「夏葉社」代表）

年譜

庄野潤三

一九二一年（大正一〇年）
二月九日、大阪府東成《ひがしなり》郡住吉村（現、大阪市住吉区帝塚山《てづかやま》東）に、父貞一、母春慧の三男として生まれる。父は教育者で帝塚山学院の初代院長。兄鷗一、英二、姉滋子があり、のち弟四郎、至、妹渥子が生まれた。

一九二七年（昭和二年）　六歳
帝塚山学院小学部に入学。四月、欧米の教育視察に旅立つ父を神戸港に見送った。九月、弟四郎疫痢で死去。

一九三三年（昭和八年）　一二歳
帝塚山学院小学部を卒業、大阪府立住吉中学校に入学。

一九三九年（昭和一四年）　一八歳
大阪外国語学校英語部に入学。チャールズ・ラムなどイギリスのエッセイを愛読。ラムの翻訳「ふるさと」を〈外語文学〉に発表。

一九四〇年（昭和一五年）　一九歳
内田百閒、井伏鱒二などを愛読。句作を試み、キャサリン・マンスフィールドの「理想的な家庭」を翻訳、部内誌〈咲耶〉に発表。

一九四一年（昭和一六年）　二〇歳
三月、伊東静雄を堺市に訪ね、以後師事した。詩作を試みる。一二月、繰り上げで大阪外国語学校英語部を卒業。

一九四二年（昭和一七年）　二一歳

九州帝国大学法文学部文科に入学、東洋史を専攻。一年上に島尾敏雄がいた。七月、朝鮮を経て満州（現、中国東北部）を旅行。

一九四三年（昭和一八年）二二歳

九月、再び満州を旅行。東京城《トンキン》に渤海《ぼっかい》国の首都の跡を訪ねた。一一月、処女作「雪・ほたる」を書く（翌年四月、〈まほろば〉に掲載）。一二月、広島の大竹海兵団に入団。

一九四四年（昭和一九年）二三歳

一月、海軍予備学生隊に入隊。七月、館山砲術学校に移る。一〇月付で大学の卒業証書が与えられる。一二月、海軍少尉に任官。

一九四五年（昭和二〇年）二四歳

二月、庄野隊を編制。終戦を伊豆半島で迎え、復員。一〇月、大阪府立今宮中学校に勤め、歴史を担当した。

一九四六年（昭和二一年）二五歳

一月、浜生千壽子と結婚。五月、島尾敏雄、林富士馬、三島由紀夫らと〈光耀〉を刊行。七月、「罪」を〈午前〉に、一〇月、「貴志君の話」を〈光耀〉に、一一月、「淀の河辺」を〈午前〉に発表。

一九四七年（昭和二二年）二六歳

一月、詩「チェルニのうた」を、四月、「ピユーマと黒猫」を〈文学雑誌〉（藤沢桓夫編集）に発表。六月、「青葉の笛」を〈午前〉に発表。夏、チェーホフを愛読。一〇月、長女夏子誕生。一二月、「恋文」を〈新現実〉に発表。

一九四八年（昭和二三年）二七歳

四月、「銀鞍白馬」を〈文学雑誌〉に発表。六月、大阪市立南高校に転勤。

一九四九年（昭和二四年）二八歳

四月、島尾敏雄の推輓で〈新文学〉に発表した「愛撫」が好評。八月、「十月の葉」を〈文学雑誌〉に発表。

一九五〇年（昭和二五年）二九歳

二月、「舞踏」を〈群像〉に発表。八月、「スラヴの子守唄」を〈群像〉に、一〇月、「メリイ・ゴオ・ラウンド」を〈人間〉に発表。父貞一死去。

一九五一年（昭和二六年）　三〇歳

九月、大阪市立南高校を辞して、朝日放送入社。長男龍也誕生。

一九五二年（昭和二七年）　三一歳

四月、「紫陽花」を〈文芸〉に、六月、「虹と鎖」を〈現在〉に発表。

一九五三年（昭和二八年）　三二歳

一月、「喪服」を〈近代文学〉に、四月、「恋文」を〈文芸〉に発表。この両作が芥川賞候補となる。八月、「会話」を〈近代文学〉に発表。九月、朝日放送東京支社に転勤、東京都練馬区南田中町に移った。一二月、「流木」を〈群像〉に発表。最初の作品集『愛撫』を新潮社より刊行。

一九五四年（昭和二九年）　三三歳

一月、「噴水」を〈近代文学〉に、「十月の葉」を〈ニューエイジ〉に、二月、「臙脂《えんじ》」を〈文学界〉に、六月、「黒い牧師」を〈新潮〉に、「桃李」を〈文学界〉に、「団欒」を〈文芸〉に、一〇月、「結婚」を〈文学界〉に、一二月、「プールサイド小景」を〈群像〉に発表。

一九五五年（昭和三〇年）　三四歳

一月、「プールサイド小景」により第三二回芥川賞を受賞。二月、「伯林日記《ベルリン》」を〈文芸〉に発表。同月、『プールサイド小景』をみすず書房より刊行。四月、「バングローバーの旅」を〈文芸〉に発表、「ザボンの花」を〈日本経済新聞〉に連載開始（二日より、八月三一日完結）。同月、『結婚』を河出書房より刊行。五月、「雲を消す男」を〈文学界〉に、七月、「薄情な恋人」を〈知性〉に発表。八月、朝日放送退社。一〇月、「ビニール水泳服実験」を〈文芸〉に、「緩徐調」を〈文芸春秋〉に、「少年」を〈小説新潮〉

に発表。
一九五六年（昭和三一年）三五歳
二月、次男和也誕生。三月、「勝負」を〈文芸〉に、四月、「机」を〈群像〉に発表。母春慧死去。五月、「孔雀の卵」を〈小説新潮〉に発表、「旅人の喜び」を〈知性〉に連載（翌年二月完結）。七月、『ザボンの花』を近代生活社より刊行。九月、「夢見る男」を〈小説新潮〉に、一〇月、「不安な恋人」を〈文学界〉に、一二月、「太い糸」を〈別冊文芸春秋〉に発表。
一九五七年（昭和三二年）三六歳
二月、「ある町」を〈群像〉に、「独身」を〈小説公園〉に、六月、「父」を〈文学界〉に発表、『バングローバーの旅』を現代文芸社より刊行。七月、「自由な散歩」を〈小説新潮〉に発表。八月、ロックフェラー財団の招きで、夫人とともに横浜港を出帆、九月、オハイオ州ガンビアに到着、ケニオン大学の客員として一年間滞在、米国各地を旅行。一〇月、「相客」を〈群像〉に、一一月、「吊橋」を〈オール読物〉に発表。
一九五八年（昭和三三年）三七歳
八月、帰国。一二月、「五人の男」を〈群像〉に、「イタリア風」を〈文学界〉に発表。
一九五九年（昭和三四年）三八歳
一月、「南部の旅」を〈オール読物〉に、随筆「自分の羽根」を〈産経新聞〉（一三日）に発表。三月、書下ろし『ガンビア滞在記』を中央公論社より刊行。一一月、「蟹」を〈群像〉に発表。
一九六〇年（昭和三五年）三九歳
六月、「静物」を〈群像〉に、八月、「なめこ採り」を〈文学界〉に、一〇月、「二人の友」を〈声〉に発表、『静物』を講談社より刊行。一一月、『静物』により第七回新潮社文学賞を受賞。
一九六一年（昭和三六年）四〇歳

二月、「湖中の夫」を〈新潮〉に、四月、「花」を〈小説中央公論〉に、「マッキー農園」を〈文学界〉に発表。川崎市生田に転居。九月、「二つの家族」を〈新潮〉に発表、『浮き燈台』を新潮社より刊行。一〇月、「リッチソン夫妻」を〈群像〉に、一二月、「一夜の宿」を〈文学界〉に発表。

一九六二年（昭和三七年）　四一歳

四月、「道」を〈新潮〉に、六月、「雷鳴」を〈文学界〉に、七月、「薪小屋」を〈群像〉に発表、『道』を新潮社より刊行。八月、「つむぎ唄」を〈芸術生活〉に連載（翌年七月完結）。一〇月、「休日」を〈文芸〉に発表。

一九六三年（昭和三八年）　四二歳

二月、「橇《そり》」を〈文学界〉に発表、『旅人の喜び』を河出書房新社より刊行。四月より翌年三月まで早稲田大学文学部の講師となる。七月、「鳥」を〈群像〉に発表、『つむぎ唄』を講談社より刊行。一一月、「石垣いちご」を〈文学界〉に発表。

一九六四年（昭和三九年）　四三歳

二月、「鉄の串」を〈群像〉に発表。五月、『鳥』を講談社より刊行。六月、「蒼天」を〈新潮〉に、七月、「曠野」を〈群像〉に発表。九月、「夕べの雲」を〈日本経済新聞〉に連載（六日より、翌年一月一九日完結）。一〇月、『佐渡』を学習研究社より刊行。

一九六五年（昭和四〇年）　四四歳

一月、「つれあい」を〈新潮〉に、二月、「冬枯」を〈群像〉に発表。三月、『夕べの雲』を講談社より刊行。四月、「行きずり」を〈文学界〉に、一一月、「秋風と二人の男」を〈群像〉に発表。一二月、〈新潮〉の対談「文学を索めて」（小島信夫と）に出席。

一九六六年（昭和四一年）　四五歳

二月、『夕べの雲』により第一七回読売文学賞受賞。六月、「まわり道」を〈群像〉に、一〇月、「流れ藻」を〈新潮〉に発表。一二月、「雉子の羽」を〈文学界〉に連載（翌年一一月完結）。この年、『夕べの雲』がイタリアのフェロ・エディチオニ社より翻訳刊行。
一九六七年（昭和四二年）四六歳
一月、「山高帽子」を〈文芸〉に発表、『流れ藻』を新潮社より刊行。二月、随筆「無駄あし」を〈風景〉に発表。三月、『庄野潤三』（講談社版「われらの文学13」）を刊行。そこに随筆「好みと運」を発表。同月、「卵」を〈朝日新聞〉（一九日、日曜版）に、七月、「丘の明り」を〈展望〉に発表。一二月、『丘の明り』を筑摩書房より刊行。
一九六八年（昭和四三年）四七歳
二月、「星空と三人の兄弟」を〈群像〉に発表、『自分の羽根』を講談社より刊行。三月、『雉子の羽』を文芸春秋より刊行。四月、「尺取虫」を〈季刊芸術〉に、八月、「前途」を〈群像〉に、九月、「湖上の橋」を〈文学界〉に発表。一〇月、『前途』を講談社より刊行。
一九六九年（昭和四四年）四八歳
一月、「秋の日」を〈文芸〉に、三月、「雨の日」を〈風景〉に、九月、「紺野機業場」を〈群像〉に発表。一一月、『紺野機業場』を講談社より刊行。
一九七〇年（昭和四五年）四九歳
一月、「小えびの群れ」を〈新潮〉に、二月、「年ごろ」を〈文学界〉に、三月、「さまよい歩く二人」を〈文芸〉に発表。『紺野機業場』により第二〇回芸術選奨文部大臣賞を受賞。六月、随筆集『クロッカスの花』を冬樹社より刊行。一〇月、『小えびの群れ』を新潮社より刊行。一一月、「絵合せ」を〈群像〉に、一二月、「父と子」を〈新潮〉に発表。
一九七一年（昭和四六年）五〇歳
一月、「仕事場」を〈新潮〉に、三月、「カーソルと獅子座の流星群」を〈文学界〉に発表。五月、『絵合せ』を講談社より刊行。九月、『屋根』を新潮社より刊行。一一月、「組立式の柱時計」を〈新潮〉に発表。一二月、『絵合せ』により第二四回野間文芸賞受賞。

一九七二年（昭和四七年）　五一歳

一月、「餡パンと林檎のシロップ」を〈文学界〉に発表、「野鴨」を〈群像〉に連載（一〇月完結）。四月、『明夫と良二』を書下ろし、岩波書店より刊行。この作品により、一〇月、第二六回毎日出版文化賞を受賞。

一九七三年（昭和四八年）　五二歳

一月、「雨傘」を〈新潮〉に、「沢登り」を〈文芸〉に発表、『野鴨』を講談社より刊行。四月、「灯油」を〈文芸〉に発表。五月、「おんどり」を〈文芸〉に発表、随筆集『庭の山の木』を冬樹社より刊行。作家としての業績により第二九回日本芸術院賞を受賞。六月、『庄野潤三全集』全一〇巻を講談社より刊行開始（翌年四月完結）。七月、「甘えび」、八月、「くちなわ」、九月、「ねずみ」、一〇月、「泥鰌」、一一月、「うずら」を〈文芸〉に発表。第二回川崎市文化賞を受賞。一二月、「おもちゃ屋」を〈文芸〉に発表。

一九七四年（昭和四九年）　五三歳

一月、「砂金」を〈群像〉に発表。三月、『おもちゃ屋』を河出書房新社より刊行。四月、「三宝柑」他を〈毎日新聞〉夕刊に週一回連載（一日より、六月二四日完結）。五月、「漏斗」を〈新潮〉に、六月、「霧とイギリス人」を〈文芸〉に、七月、「引越し」を〈海〉に、一〇月、「葡萄棚」を〈群像〉に、一二月、「葦切り」を〈新潮〉に発表。

一九七五年（昭和五〇年）　五四歳

一月、「五徳」を〈文芸〉に、「やぶかげ」を〈海〉に、「鍛冶屋の馬」を〈文学界〉に発表。二月、『休みのあくる日』を新潮社より刊行。四月、「屋上」を〈群像〉に、「ユッカ蘭の猫」を〈文学界〉に、五月、「花瓶」を

〈文学界〉に発表。中国人民対外友好協会の招きで、日本作家代表団の一員として中国各地を旅行。六月、「草餅」を〈文学界〉に、七月、「ココアと筍」を〈文学界〉に、八月、「梅の実」を〈文学界〉に、「黄河の鯉――中国の旅から」を〈文芸〉に、九月、「雲の切れ目」を〈文学界〉に、一〇月、「シャボン玉吹き」を〈文学界〉に、一一月、「納豆御飯」を〈文学界〉に、一二月、「真夜中の出発」を〈文学界〉に発表。

一九七六年（昭和五一年）五五歳

一月、「かたつむり」を〈群像〉に、「家鴨」を〈海〉に発表。四月、『鍛冶屋の馬』を文芸春秋より刊行。六月、随筆集『イソップとひよどり』を冬樹社より刊行。七月、「菱川屋のおばさん」を〈海〉に、九月、随筆『孤島夢』のころ」を〈文学界〉に、一〇月、「写真屋」を〈群像〉に発表。

一九七七年（昭和五二年）五六歳

一月、「シェリー酒と楓の葉」を〈文学界〉に、二月、「引潮」を〈新潮〉に、三月、「フィンランド土産」を〈文学界〉に、四月、「林の中」を〈文学界〉に発表。五月、『引潮』を新潮社より刊行。六月、「水の都」を〈文芸〉に連載（翌年二月完結）。七月、「ヨークシャーの茶碗」を〈文学界〉に、八月、「コルクの中の猫」を〈海〉に、九月、「窓の灯」を〈文学界〉に、一一月、「移転計画」を〈文学界〉に、一二月、「双眼鏡」を〈群像〉に発表。

一九七八年（昭和五三年）五七歳

一月、「割算」を〈新潮〉に、「船長の椅子」を〈文学界〉に、三月、「廃屋」を〈文学界〉に発表。四月、二〇年ぶりにオハイオ州ガンビアを訪問、ケニオン大学より文学博士の名誉学位を受ける。『水の都』を河出書房新社より刊行。五月、「東部への旅」を〈文学界〉に、七月、「除夜」を〈文学界〉に発表。一一月、「ガンビアの春」を〈文芸〉に連載（一九八〇年一月完結）。『シェリー酒と楓の葉』を文芸春秋より刊行。一二月、日本芸術院会員となる。

一九七九年（昭和五四年）　五八歳

一月、「三河大島」を〈群像〉に発表。四月、随筆集『御代の稲妻』を講談社より刊行。七月、「伊予柑」を〈海〉に、一一月、「ある健脚家の回想」を〈文学界〉に発表。

一九八〇年（昭和五五年）　五九歳

一月、「モヒカン州立公園」を〈群像〉に発表。二月、『屋上』を講談社より刊行。四月、『ガンビアの春』を河出書房新社より刊行。五月、「失せ物」を〈新潮〉に、「『ガンビアの春』補記」を〈文芸〉に発表。ロンドンを訪問。六月、「早春」を〈海〉に連載（翌年九月完結）。一一月、上林暁追悼文「葉書の文学」を〈群像〉に、河上徹太郎追悼文「柿生の河上さん」を〈文学界〉に、一二月、随筆「ウエバーさんの手紙」を〈波〉に発表。

一九八一年（昭和五六年）　六〇歳

一月、「昔の仲間」を〈文学界〉に、三月、「七草まで」を〈文芸〉に、福原麟太郎追悼文「福原さんを偲ぶ」を〈新潮〉に、一〇月、「インド綿の服」を〈群像〉に、一一月、随筆「休暇中のロン」を〈新潮〉に発表。

一九八二年（昭和五七年）　六一歳

一月、「陽気なクラウン・オフィス・ロウ」を〈文学界〉に連載（翌年八月完結）、「おじいさんの貯金」を〈文芸〉に発表、『早春』を中央公論社より刊行。

一九八三年（昭和五八年）　六二歳

一月、「大きな古時計」を〈文芸〉に、随筆「花鳥図」を〈毎日新聞〉（四日夕刊）に、三月、随筆「本の書き入れ」を〈群像〉に、七月、「ぎぼしの花」を〈東京新聞〉（一九日夕刊〉に、九月、「嗅ぎ煙草とコーヒー」を〈新潮〉に、一一月、「泣鬼《なきおに》とアイルランドの紳士」を〈文学界〉に発表。
一九八四年（昭和五九年）六三歳
一月、「楽しき農婦」を〈群像〉に発表。二月、『陽気なクラウン・オフィス・ロウ』を文芸春秋より刊行。三月、随筆「物売りの声」を〈文芸〉に、五月、「山の上に憩いあり」を〈新潮〉に発表。六月、「サヴォイ・オペラ」を〈文芸〉に連載（翌年七月完結）。一一月、「雪の中のゆりね」を〈群像〉に発表、『山の上に憩いあり——都築ケ岡年中行事』を新潮社より刊行。
一九八五年（昭和六〇年）六四歳
一月、「水盤とオランダの絵」を〈読売新聞〉（四日夕刊）に発表。四月、『ぎぼしの花』を講談社より刊行。八月、「会計簿と『チェーホフ読書ノート』」を〈群像〉に発表。九月、〈日本経済新聞〉のコラム「スポーツの四季」に随筆を連載（五日より、翌年八月七日まで一〇回）。一一月、「誕生祝い」を〈群像〉に、「南の島のまどさん」を〈波〉に発表。一一月一三日、脳内出血のため川崎市の高津中央総合病院に入院（のち虎の門病院梶ケ谷分院に転院）、一二月二七日退院。
一九八六年（昭和六一年）六五歳
一月、「ガンビア停車場」を〈文学界〉に発表。三月、『サヴォイ・オペラ』を河出書房新社より刊行。七月、連載エッセイ「世をへだてて」の①「杖」を〈文学界〉に、随筆「聞き手と語り手」を〈新潮〉に、一〇月、随筆「サヴォイ・オペラ年表」を〈群像〉に発表。九月、同②「夏の重荷」、一二月、連載エッセイ「世をへだてて」の③「北風と靴」を〈文学界〉に、「丹下氏邸—エリア随筆」を〈短歌〉に発表。
一九八七年（昭和六二年）六六歳

一月、島尾敏雄追悼文「気儘な附合い」を〈新潮〉に、二月、連載エッセイ「世をへだてて」の④「大部屋の人たち」、四月、同⑤「Dデイ」、六月、同⑥「作業療法室」、八月、同⑦「同室の人々」を〈文学界〉に発表。一〇月、「足柄山の春」を〈群像〉に発表。一一月、エッセイ集『世をへだてて』を文芸春秋より刊行。

一九八八年（昭和六三年）　六七歳

二月、『インド綿の服』を講談社より刊行。八月より翌年七月まで、「エイヴォン記」を〈群像〉に連載。

一九八九年（昭和六四年・平成元年）　六八歳

三月より一九九一年四月まで、「懐しきオハイオ」を〈文学界〉に連載。八月、『エイヴォン記』を講談社より刊行。

一九九一年（平成三年）　七〇歳

四月、『誕生日のラムケーキ』を講談社より刊行。五月、「鉛筆印のトレーナー」を〈海燕〉に連載（翌年四月完結）。六月、随筆「森亮さんの訳詩集」を〈新潮〉に発表。九月、『懐しきオハイオ』を文芸春秋より刊行。

一九九二年（平成四年）　七一歳

一月、短編集『葦切り』を新潮社より刊行。五月、『鉛筆印のトレーナー』を福武書店より刊行。一一月より翌年一〇月まで、「さくらんぼジャム」を〈文学界〉に連載。

一九九三年（平成五年）　七二歳

九月、「追悼・井伏さんの本」を〈群像〉に、「追悼・井伏鱒二『白鳥の歌・水甕』」を〈文学界〉に発表。一一月二六日、次兄英二死去。

一九九四年（平成六年）　七三歳

一月より一二月まで、「文学交友録」を〈新潮〉に連載。二月、『さくらんぼジャム』を文芸春秋より刊行。一〇月、〈群像〉の「わが友吉行淳之介」の座談会に出席（阿川弘之、遠藤周作らと）。

一九九五年（平成七年）七四歳
一月より一二月まで、「貝がらと海の音」を〈新潮45〉に連載。三月、『文学交友録』を新潮社より刊行。九月、随筆集『散歩道から』を講談社より刊行。一〇月、「宝塚・井伏さんの思い出」を〈本〉に発表。

一九九六年（平成八年）七五歳
一月より翌年一月まで、「ピアノの音」を〈群像〉に連載。四月、『貝がらと海の音』を新潮社より刊行。「野菜讃歌」を〈波〉に発表。七月、「梅の実とり」を〈産経新聞〉（六日）に、「父の本棚」を〈文学界〉に、九月、「フランス人形の絵」を〈新潮〉に、一二月、「フランスの土産話」を〈群像〉に発表。

一九九七年（平成九年）七六歳
一月より一二月まで、「せきれい」を〈文学界〉に連載。一月、小沼丹追悼文「小沼とのつきあい」を〈群像〉に発表。四月、『ピアノの音』を講談社より刊行。六月、「お祝い絨毯の話」を〈本〉に発表。

一九九八年（平成一〇年）七七歳
一月より一二月まで、「庭のつるばら」を〈新潮〉に連載。四月、『せきれい』を文芸春秋より刊行。五月一日より三一日まで「私の履歴書」を〈日本経済新聞〉に連載。一〇月、『野菜讃歌』を講談社より刊行。

一九九九年（平成一一年）七八歳
一月より一二月まで、「鳥の水浴び」を〈群像〉に連載。四月、『庭のつるばら』を新潮社より刊行。一〇月、『文学交友録』を新潮文庫として刊行。

二〇〇〇年（平成一二年）七九歳
一月より一二月まで、「山田さんの鈴虫」を〈文学界〉に連載。一月、随筆「孫の結婚式」を〈新潮〉に発表。四月、『鳥の水浴び』を講談社より刊行。五月、随筆「『光耀』のころ」を〈季刊文科〉第一五号に発表。

二〇〇一年（平成一三年）　八〇歳
一月より一二月まで、「うさぎのミミリー」を〈波〉に連載。四月、『山田さんの鈴虫』を文芸春秋より刊行。
二〇〇二年（平成一四年）　八一歳
一月より一二月まで、「庭の小さなばら」を〈群像〉に連載。四月、『うさぎのミミリー』を新潮社より刊行。九月、随筆集『孫の結婚式』を講談社より刊行。
二〇〇三年（平成一五年）　八二歳
一月より一二月まで、「メジロの来る庭」を〈文学界〉に連載。四月、『庭の小さなばら』を講談社より刊行。
二〇〇四年（平成一六年）　八三歳
一月より一二月まで、「けい子ちゃんのゆかた」を〈波〉に連載。四月、『メジロの来る庭』を文芸春秋より刊行。
二〇〇五年（平成一七年）　八四歳
一月より一一月まで、「星に願いを」を〈群像〉に連載。四月、『けい子ちゃんのゆかた』を新潮社より刊行。
二〇〇六年（平成一八年）　八五歳
一月より一二月まで、「ワシントンのうた」を〈文学界〉に連載。三月、『星に願いを』を講談社より刊行。九月、脳梗塞を発症。
二〇〇七年（平成一九年）　八六歳
四月、『ワシントンのうた』を文芸春秋より刊行。
二〇〇九年（平成二一年）　八八歳
九月二一日、自宅にて老衰により死去。二八日、千壽子夫人を喪主として葬儀が営まれる。一一月八日、南足柄市の玉峯山長泉院墓所に納骨。
二〇一一年（平成二三年）
七月二九日、未発表だった『逸見小学校』が新潮社より刊行。
二〇一八年（平成三〇年）
九月二三日、生涯を送った生田の家を「山の上の家」として一般公開。以後、二〇二〇年二月まで誕生日と命日にちなんで建国記念の日と秋分の日に一般公開を行う。二〇二〇年の建国記念日には約三〇〇人の愛読者が訪れた。

（助川徳是・編集部編）

本書は『世をへだてて』（文藝春秋・一九八七年十一月刊）を底本とし、多少ふりがなを調整しました。本文中明らかな誤記、誤植と思われる箇所は正しましたが、原則として底本に従いました。なお底本にある表現で、今日から見れば不適切なものがありますが、作品が発表された時代背景、著者が故人であることなどを考慮し、そのままとしました。よろしくご理解のほどお願いいたします。

世《よ》をへだてて

庄《しょう》野《の》潤《じゅん》三《ぞう》

二〇二一年二月一〇日第一刷発行

発行者——渡瀬昌彦
発行所——株式会社 講談社
東京都文京区音羽2・12・21 〒112-8001
電話 編集（03）5395・3513
販売（03）5395・5817
業務（03）5395・3615

デザイン——菊地信義
印刷——豊国印刷株式会社
製本——株式会社国宝社
本文データ制作——講談社デジタル製作

定価はカバーに表示してあります。

講談社
文芸文庫

ISBN978-4-06-522320-8

講談社文芸文庫

小林秀雄 ―小林秀雄対話集　秋山 駿――解／吉田凞生――年
小林秀雄 ―小林秀雄全文芸時評集 上・下　山城むつみ-解／吉田凞生――年
小林秀雄 ―[ワイド版]小林秀雄対話集　秋山 駿――解／吉田凞生――年
小堀杏奴 ―朽葉色のショール　小尾俊人――解／小尾俊人――年
小山清 ――日日の麵麭｜風貌 小山清作品集　田中良彦――解／田中良彦――年
佐伯一麦 ―ショート・サーキット 佐伯一麦初期作品集　福田和也――解／二瓶浩明――年
佐伯一麦 ―日和山 佐伯一麦自選短篇集　阿部公彦――解／著者―――年
佐伯一麦 ―ノルゲ Norge　三浦雅士――解／著者―――年
坂上弘 ――田園風景　佐伯一麦――解／田谷良一――年
坂上弘 ――故人　若松英輔――解／田谷良一、吉原洋一-年
坂口安吾 ―風と光と二十の私と　川村 湊――解／関井光男――案
坂口安吾 ―桜の森の満開の下　川村 湊――解／和田博文――案
坂口安吾 ―白痴｜青鬼の褌を洗う女　川村 湊――解／原 子朗――案
坂口安吾 ―信長｜イノチガケ　川村 湊――解／神谷忠孝――案
坂口安吾 ―オモチャ箱｜狂人遺書　川村 湊――解／荻野アンナ-案
坂口安吾 ―日本文化私観 坂口安吾エッセイ選　川村 湊――解／若月忠信――年
坂口安吾 ―教祖の文学｜不良少年とキリスト 坂口安吾エッセイ選　川村 湊――解／若月忠信――年
阪田寛夫 ―庄野潤三ノート　富岡幸一郎-解
鷺沢萠 ――帰れぬ人びと　川村 湊――解／著者、オフィスめめ-年
佐々木邦 ―凡人伝　岡崎武志――解
佐々木邦 ―苦心の学友 少年俱楽部名作選　松井和男――解
佐多稲子 ―私の東京地図　川本三郎――解／佐多稲子研究会-年
佐藤紅緑 ―ああ玉杯に花うけて 少年俱楽部名作選　紀田順一郎-解
佐藤春夫 ―わんぱく時代　佐藤洋二郎-解／牛山百合子-年
里見弴 ――恋ごころ 里見弴短篇集　丸谷才一――解／武藤康史――年
澤田謙 ――プリューターク英雄伝　中村伸二――年
椎名麟三 ―神の道化師｜媒妁人 椎名麟三短篇集　井口時男――解／斎藤末弘――年
椎名麟三 ―深夜の酒宴｜美しい女　井口時男――解／斎藤末弘――年
島尾敏雄 ―その夏の今は｜夢の中での日常　吉本隆明――解／紅野敏郎――案
島尾敏雄 ―はまべのうた｜ロング・ロング・アゴウ　川村 湊――解／柘植光彦――案
島田雅彦 ―ミイラになるまで 島田雅彦初期短篇集　青山七恵――解／佐藤康智――年
志村ふくみ-一色一生　高橋 巖――人／著者―――年
庄野英二 ―ロッテルダムの灯　著者―――年
庄野潤三 ―夕べの雲　阪田寛夫――解／助川徳是――案

▶解=解説　案=作家案内　人=人と作品　年=年譜を示す。　2021年2月現在

庄野潤三—インド綿の服　齋藤礎英—解／助川徳是—年
庄野潤三—ピアノの音　齋藤礎英—解／助川徳是—年
庄野潤三—野菜讃歌　佐伯一麦—解／助川徳是—年
庄野潤三—ザボンの花　富岡幸一郎-解／助川徳是—年
庄野潤三—鳥の水浴び　田村 文—解／助川徳是—年
庄野潤三—星に願いを　富岡幸一郎-解／助川徳是—年
庄野潤三—明夫と良二　上坪裕介—解／助川徳是—年
庄野潤三—庭の山の木　中島京子—解／助川徳是—年
庄野潤三—世をへだてて　島田潤一郎-解／助川徳是—年
笙野頼子—幽界森娘異聞　金井美恵子-解／山﨑眞紀子-年
笙野頼子—猫道 単身転々小説集　平田俊子—解／山﨑眞紀子-年
笙野頼子—海獣|呼ぶ植物|夢の死体 初期幻視小説集　菅野昭正—解／山﨑眞紀子-年
白洲正子—かくれ里　青柳恵介—人／森 孝一—年
白洲正子—明恵上人　河合隼雄—人／森 孝一—年
白洲正子—十一面観音巡礼　小川光三—人／森 孝一—年
白洲正子—お能|老木の花　渡辺 保—人／森 孝一—年
白洲正子—近江山河抄　前 登志夫—人／森 孝一—年
白洲正子—古典の細道　勝又 浩—人／森 孝一—年
白洲正子—能の物語　松本 徹—人／森 孝一—年
白洲正子—心に残る人々　中沢けい—人／森 孝一—年
白洲正子—世阿弥 —花と幽玄の世界　水原紫苑—人／森 孝一—年
白洲正子—謡曲平家物語　水原紫苑—解／森 孝一—年
白洲正子—西国巡礼　多田富雄—解／森 孝一—年
白洲正子—私の古寺巡礼　高橋睦郎—解／森 孝一—年
白洲正子—[ワイド版]古典の細道　勝又 浩—人／森 孝一—年
杉浦明平—夜逃げ町長　小嵐九八郎-解／若杉美智子-年
鈴木大拙訳-天界と地獄 スエデンボルグ著　安藤礼二—解／編集部—年
鈴木大拙—スエデンボルグ　安藤礼二—解／編集部—年
曽野綾子—雪あかり 曽野綾子初期作品集　武藤康史—解／武藤康史—年
田岡嶺雲—数奇伝　西田 勝—解／西田 勝—年
高井有一—時の潮　松田哲夫—解／武藤康史—年
高橋源一郎-さようなら、ギャングたち　加藤典洋—解／栗坪良樹—年
高橋源一郎-ジョン・レノン対火星人　内田 樹—解／栗坪良樹—年
高橋源一郎-虹の彼方に《オーヴァー・ザ・レインボウ》　矢作俊彦—解／栗坪良樹—年

講談社文芸文庫

富岡多恵子-室生犀星　蜂飼 耳――解／著者――年
土門拳――風貌|私の美学 土門拳エッセイ選 酒井忠康編　酒井忠康―解／酒井忠康―年
永井荷風―日和下駄 一名 東京散策記　川本三郎―解／竹盛天雄―年
永井荷風―[ワイド版]日和下駄 一名 東京散策記　川本三郎―解／竹盛天雄―年
永井龍男――一個|秋その他　中野孝次―解／勝又 浩――案
永井龍男―カレンダーの余白　石原八束―人／森本昭三郎-年
永井龍男―東京の横丁　川本三郎―解／編集部――年
中上健次―熊野集　川村二郎―解／関井光男―案
中上健次―蛇淫　井口時男―解／藤本寿彦―年
中上健次―水の女　前田 塁―解／藤本寿彦―年
中上健次―地の果て 至上の時　辻原 登――解
中川一政―画にもかけない　高橋玄洋―人／山田幸男―年
中沢けい―海を感じる時|水平線上にて　勝又 浩――解／近藤裕子―案
中沢新一――虹の理論　島田雅彦―解／安藤礼二―年
中島敦――光と風と夢|わが西遊記　川村 湊――解／鷺 只雄――案
中島敦――斗南先生|南島譚　勝又浩――解／木村一信―案
中野重治―村の家|おじさんの話|歌のわかれ　川西政明―解／松下 裕――案
中野重治―斎藤茂吉ノート　小高 賢――解
中野好夫―シェイクスピアの面白さ　河合祥一郎-解／編集部――年
中原中也―中原中也全詩歌集 上・下 吉田凞生編　吉田凞生―解／青木 健――案
中村真一郎-死の影の下に　加賀乙彦―解／鈴木貞美―案
中村真一郎-この百年の小説 人生と文学と　紅野謙介―解
中村光夫―二葉亭四迷伝 ある先駆者の生涯　絓 秀実――解／十川信介―案
中村光夫選-私小説名作選 上・下 日本ペンクラブ編
中村光夫―谷崎潤一郎論　千葉俊二―解／金井景子―年
中村武羅夫-現代文士廿八人　齋藤秀昭―解
夏目漱石―思い出す事など|私の個人主義|硝子戸の中　石﨑 等――年
西脇順三郎-*ambarvalia*|旅人かへらず　新倉俊一――人／新倉俊一――年
日本文藝家協会編-現代小説クロニクル1975～1979　川村 湊――解
日本文藝家協会編-現代小説クロニクル1980～1984　川村 湊――解
日本文藝家協会編-現代小説クロニクル1985～1989　川村 湊――解
日本文藝家協会編-現代小説クロニクル1990～1994　川村 湊――解
日本文藝家協会編-現代小説クロニクル1995～1999　川村 湊――解
日本文藝家協会編-現代小説クロニクル2000～2004　川村 湊――解

講談社文芸文庫

日本文藝家協会編	現代小説クロニクル2005～2009	川村 湊――解
日本文藝家協会編	現代小説クロニクル2010～2014	川村 湊――解
丹羽文雄	小説作法	青木淳悟――解／中島国彦――年
野口冨士男	なぎの葉考|少女 野口冨士男短篇集	勝又 浩――解／編集部――年
野口冨士男	風の系譜	川本三郎――解／平井一麥――年
野口冨士男	感触的昭和文壇史	川村 湊――解／平井一麥――年
野坂昭如	人称代名詞	秋山 駿――解／鈴木貞美――案
野坂昭如	東京小説	町田 康――解／村上玄一――年
野崎 歓	異邦の香り ネルヴァル『東方紀行』論	阿部公彦――解
野田宇太郎	新東京文学散歩 上野から麻布まで	坂崎重盛――解
野田宇太郎	新東京文学散歩 漱石・一葉・荷風など	大村彦次郎‐解
野間 宏	暗い絵|顔の中の赤い月	紅野謙介――解／紅野謙介――年
野呂邦暢	[ワイド版]草のつるぎ|一滴の夏 野呂邦暢作品集	川西政明――解／中野章子――年
橋川文三	日本浪曼派批判序説	井口時男――解／赤藤了勇――年
蓮實重彥	夏目漱石論	松浦理英子‐解／著者――年
蓮實重彥	「私小説」を読む	小野正嗣――解／著者――年
蓮實重彥	凡庸な芸術家の肖像 上 マクシム・デュ・カン論	
蓮實重彥	凡庸な芸術家の肖像 下 マクシム・デュ・カン論	工藤庸子――解
蓮實重彥	物語批判序説	磯﨑憲一郎‐解
花田清輝	復興期の精神	池内 紀――解／日高昭二――年
埴谷雄高	死霊 Ⅰ Ⅱ Ⅲ	鶴見俊輔――解／立石 伯――年
埴谷雄高	埴谷雄高政治論集 埴谷雄高評論選書1 立石伯編	
埴谷雄高	埴谷雄高思想論集 埴谷雄高評論選書2 立石伯編	
埴谷雄高	埴谷雄高文学論集 埴谷雄高評論選書3 立石伯編	立石 伯――年
埴谷雄高	酒と戦後派 人物随想集	
濱田庄司	無盡蔵	水尾比呂志‐解／水尾比呂志‐年
林 京子	祭りの場|ギヤマン ビードロ	川西政明――解／金井景子――案
林 京子	長い時間をかけた人間の経験	川西政明――解／金井景子――年
林 京子	希望	外岡秀俊――解／金井景子――年
林 京子	やすらかに今はねむり給え|道	青来有一――解／金井景子――年
林 京子	谷間|再びルイへ。	黒古一夫――解／金井景子――年
林 芙美子	晩菊|水仙|白鷺	中沢けい――解／熊坂敦子――案
原 民喜	原民喜戦後全小説	関川夏央――解／島田昭男――年
東山魁夷	泉に聴く	桑原住雄――人／編集部――年

講談社文芸文庫

講談社文芸文庫

三好達治──萩原朔太郎　杉本秀太郎─解／安藤靖彦──年
三好達治──諷詠十二月　高橋順子──解／安藤靖彦──年
村山槐多──槐多の歌へる 村山槐多詩文集 酒井忠康編　酒井忠康──解／酒井忠康──年
室生犀星──蜜のあわれ｜われはうたえどもやぶれかぶれ　久保忠夫──解／本多 浩──案
室生犀星──加賀金沢｜故郷を辞す　星野晃一──人／星野晃一──年
室生犀星──あにいもうと｜詩人の別れ　中沢けい──解／三木サニア─案
室生犀星──深夜の人｜結婚者の手記　髙瀨真理子─解／星野晃一──年
室生犀星──かげろうの日記遺文　佐々木幹郎─解／星野晃一──解
室生犀星──我が愛する詩人の伝記　鹿島 茂──解／星野晃一──年
森敦───われ逝くもののごとく　川村二郎──解／富岡幸一郎─案
森敦───意味の変容｜マンダラ紀行　森 富子──解／森 富子──年
森孝一編──文士と骨董 やきもの随筆　森 孝一──解
森茉莉──父の帽子　小島千加子─人／小島千加子─年
森茉莉──贅沢貧乏　小島千加子─人／小島千加子─年
森茉莉──薔薇くい姫｜枯葉の寝床　小島千加子─解／小島千加子─年
安岡章太郎─走れトマホーク　佐伯彰一──解／鳥居邦朗──案
安岡章太郎─ガラスの靴｜悪い仲間　加藤典洋──解／勝又 浩──案
安岡章太郎─幕が下りてから　秋山 駿──解／紅野敏郎──案
安岡章太郎─流離譚 上・下　勝又 浩──解／鳥居邦朗──年
安岡章太郎─果てもない道中記 上・下　千本健一郎─解／鳥居邦朗──年
安岡章太郎─犬をえらばば　小高 賢──解／鳥居邦朗──年
安岡章太郎─［ワイド版］月は東に　日野啓三──解／栗坪良樹──案
安岡章太郎─僕の昭和史　加藤典洋──解／鳥居邦朗──年
安原喜弘──中原中也の手紙　秋山 駿──解／安原喜秀──年
矢田津世子─［ワイド版］神楽坂｜茶粥の記 矢田津世子作品集　川村 湊──解／高橋秀晴──年
柳宗悦──木喰上人　岡本勝人──解／水尾比呂志他─年
山川方夫──［ワイド版］愛のごとく　坂上 弘──解／坂上 弘──年
山川方夫──春の華客｜旅恋い 山川方夫名作選　川本三郎──解／坂上 弘─案・年
山城むつみ─文学のプログラム　著者──年
山城むつみ─ドストエフスキー　著者──年
山之口貘──山之口貘詩文集　荒川洋治──解／松下博文──年
湯川秀樹──湯川秀樹歌文集 細川光洋選　細川光洋──解
横光利一──上海　菅野昭正──解／保昌正夫──案
横光利一──旅愁 上・下　樋口 覚──解／保昌正夫──年

講談社文芸文庫

アポロニオス／岡 道男 訳
アルゴナウティカ　アルゴ船物語　岡 道男——解

荒井 献 編
新約聖書外典

荒井 献 編
使徒教父文書

アンダソン／小島信夫・浜本武雄 訳
ワインズバーグ・オハイオ　浜本武雄——解

ウルフ、T／大沢 衛 訳
天使よ故郷を見よ(上)(下)　後藤和彦——解

ゲーテ／柴田 翔 訳
親和力　柴田 翔——解

ゲーテ／柴田 翔 訳
ファウスト(上)(下)　柴田 翔——解

ジェイムズ、H／行方昭夫 訳
ヘンリー・ジェイムズ傑作選　行方昭夫——解

関根正雄 編
旧約聖書外典(上)(下)

セルー、P／阿川弘之 訳
鉄道大バザール(上)(下)

ドストエフスキー／小沼文彦・工藤精一郎・原 卓也 訳
鰐　ドストエフスキー ユーモア小説集　沼野充義——編・解

ドストエフスキー／井桁貞義 訳
やさしい女｜白夜　井桁貞義——解

ナボコフ／富士川義之 訳
セバスチャン・ナイトの真実の生涯　富士川義之—解

ハクスレー／行方昭夫 訳
モナリザの微笑　ハクスレー傑作選　行方昭夫——解

講談社文芸文庫

庄野潤三
世をへだてて

突然襲った脳内出血で、作家は生死をさまよう。病を経て知る生きるよろこびを明るくユーモラスに描く、著者の転換期を示す闘病記。生誕100年記念刊行。

解説=島田潤一郎　年譜=助川徳是

しA16

978-4-06-522320-8

庄野潤三
庭の山の木

家庭でのできごと、世相への思い、愛する文学作品、敬慕する作家たち――著者のやわらかな視点、ゆるぎない文学観が浮かび上がる、充実期に書かれた随筆集。

解説=中島京子　年譜=助川徳是

しA15

978-4-06-518659-6